人生の通信簿

新井恵美子

展望社

幼い頃の著者（右から2人目）と母と妹たち。

なつかしい国府津の浜。

人生の通信簿●目次

装丁　新田純

文中、敬称は略させていただきました。

人生の通信簿

人生の通信簿

「そんな事をやってると葬式の見送りがねえぞ」

と言って父は私を叱った。友達をだましたり、ウソをついたりすると叱られた。

うちばかりでなく、村ではどこの家でもそう言って子どもを叱った。

子どもにとって葬式の見送りが少くない事は、それほど恐しい事とは思わなかった。田舎の葬式は家からお棺に入った遺体を皆でかついでお寺まで歩く。野辺の送りという奴だ。きっと悪いことをしていると、その見送ってくれる人が少いのだろうと思った。

でもいいや、見送りなんて少くても、死んだら分からないだろうから、なんて、のんきに考えていた。

八十歳を過ぎて、ポツンポツンと同級生の死が伝えられる頃になった。

そんなある日、小学校の同級生石田勝一の死が伝えられた。教えられた葬儀場に行った。村はずれの畑地だった所に新しい葬儀場はあった。石田の通夜の夜だった。会場の弔問客はたくさんいた。

彼がどれほど村の人に好かれていたか。頼りにされていたかが分かる。

彼は村でもゆびおりの大きな百姓家の息子だった。中学を終ると皆あわてて村を出て行った。若い連中は新しい世界が好きだ。

しかし、彼は農業学校に進んで村に残った。成績優秀だったから、普通高校のどんなレベルの所にも入れたのに、農業高校に進んだ。

そして、生涯、村にいて、村人達のために働いた。村のためにどんな努力も惜しまなかった。

戦争が終った時、私達は小学校一年生だった。父親達は皆、兵隊にとられていた。戦争が終って、父達は続々と帰って来る。小さな木箱に入れられて、無言で帰る兵もいた。

私達はその頃、毎日復員兵を見ていた。

帰って来る兵隊さんは皆汚れていて、ヒゲをはやしていた。復員兵と呼ばれるその人達は、皆毛布を丸めて抱えていた。軍隊から支給されたものだった。

私の父も帰って来た。国内の軍隊にいたから八月のうちに帰って来た。「逃げ足は早えんだ」と父は笑う。

「お父さんさえ、帰れば」

と毎日、言っていた母は誰よりもうれしそうだった。

しかし石田勝一の父親は帰って来なかった

南の島で見たという人もいたが、行方は分からない。戦死の公報も入らず何の知らせもなかった。それでも石田の家では待っていた。ひょっこり、飛んでもない時に帰って来る人もあった。だから勝一の家では待った。

待って待って待ち続けた。しかしいつまで待っても帰らなかった。消息もない。

勝一が六年生になった時、石田の家ではとうとう葬式を出した。勝一が位牌（いはい）を抱いて先頭を歩いた。胸をはって、キッと前を見て村の中を歩いた。骨も遺体もないカラッポの葬式だった。

その頃、葬式を挙（あ）げたら帰って来たなどという話がよくあった。そんなささやかな期待もあったのだろうか。

その日、私は勝一が歩いて行くのを見た。立派だった。勝一は父を奪った戦争を恨んでいたのだろうか。帰れなかった父の不運を嘆いていたのだろうか。

私の父は勝一のお父さんと村の小学校で同級生だった。

「彼は顔もよかったし、勉強もよく出来た。あんないい奴がなあ」

と友の不幸を残念がった。

その日から勝一は一家の主だった。遊ぶ暇もなく働いた。小さいながら戸主である。この村で生れ、育ち、戦争に引っぱられたまま帰れなかった父の代わりとなって、勝一は働いた。

みごとな一生であった。村の人々の仕合せのためにどんな努力もしたと言う。年より達は、

「石田んとこの息子のようなのは見た事がない」

「勝一のおやじも草葉の陰で喜んでいるだろう」

と皆感心していた。

「おれは当り前の事をしてるだけだ」

と勝一は笑っていたそうだ。

その見事な生涯も終った。この夜、彼の死を悼む村人の列はいつ

までも終らなかった。普段着のまま、野良着のまま列につながる者もいた。

泣いている者もいた。世の中には名をなし成功し、頂点に立った人の立派な葬送もあるだろう。

しかし、その夜の小さな葬儀場の絶える事のない人々の列ほど心にしみる物はなかったろう。

私の胸に、久しぶりに父の声がひびいていた。

「そんな事やってると葬式の見送りはねえぞ」

そうなのだ。葬式は人生の通信簿なのだ。石田勝一の通信簿は輝やくばかりの全優だった。

夜空に月が光っていた。

馬力引きのおじいさん

東京で暮らしていた私達一家が父の郷里の前川村に帰って来た。

「海がきれいだゾ。魚がうまいぞ」

と父は五歳の私の気を引こうとした。

でも、私はここがあまり好きではなかった。

祖父母の暮らす家は暗くて、ラッキョウの匂いがした。おまけに家の中に馬小屋があって、大きな目をギョロリとさせて馬は私を見た。馬も私を好きでないらしかった。

祖父母は都会育ちの私のことが嫌いらしかった。しばらくして、母が子を生み、私の妹になるのだが、この子の事は可愛いがった。

「この子はうちで生れたから可愛い！」

と口に出して言った。

いよいよ私は面白くない。祖父母も馬も海も何にもかもが嫌いだった。

祖父末吉は馬力引きだった。白い土煙の舞い上る舗装されていない国道のまん中を、荷車をつけた馬のくつわを引っぱって、祖父は堂々と歩いていた。

それは国府津(こうづ)駅に着いた荷物を別荘や会社などに配達して歩く仕事だった。

明治二十年に国府津駅は開業した。汽笛一声、新橋を出た日本で最初の鉄道がまず横浜まで来る。それが十五年かかって、国府津まで来た。ここが終点だった。

前川村の隣の国府津村はいきなり繁栄のただ中に放り込まれる。

新橋から国府津まで旅をして来た者はここで夜を迎える。泊る宿が必要になった。最盛期は三十軒もの旅館が立ち並んだという。

駅前には運送店が三軒も出来た。国府津村に隣接していた前川にもその繁栄は影響せずにはいなかった。

まず、若者達の働き場が増えた。女の子は旅館の女中、男の子は旅館の番頭や下働き、運送店での荷物運び。いくらでも人手は必要とされた。

この時、前川村の小学校を卒業した祖父末吉は父親からわずかな畑を与えられたが、働き者の末吉には力が余ってしまう。もっと働きたいと考えている時だった。運送店が若者を求めていると聞くと矢も盾(たて)もたまらず運送店に走って行った。

当時、小学校は四年で終了だった。明治四十年、義務教育は六年になる。

祖父末吉はたったの十歳で運送店に採用され荷物運びに使われ

た。仕事は山のようにあった。店の馬や荷車を上手に使う事も覚えた。

馬の扱いもうまかったので、重宝された。

しかし、しばらくすると、末吉は物足りなくなったそうだ。馬と荷車を自前で持っている者と末吉のように持っていない者とは、同じ仕事をしても収入に格段の差がある事に気づいた。

何とか自分も馬と荷車を手に入れたいと思うようになったそうだ。親に泣きついても無駄だという事は分かっていた。父親は働く事が大嫌いな人で親からもらった田畑もどんどん失ってしまうような人だ。貯えなどあるはずがない。どうしたらよいかと考えている時、横浜の話を聞いた。

安政六年に開港して、世界に向かって窓をあけた横浜は、大変な景気であると言う。外国人の客も多く「横浜に行けば金の砂がまいてある」と噂されるほどだそうだ。

何とか横浜で働いて、金をためたいと祖父は後先も考えず、実行に移したのだった。運送店には事情を話して休暇をもらい、歩いて横浜に出たそうだ。

何のつても知りあいもない。最初は乞食のような暮らしをしたと言う。そんな末吉を助けてくれる人があり、人力車引きの仕事を教えてくれた。

港に着く外国人を人力車に乗せて走る。

その頃「横浜では人力車夫まで英語を話す」と言われたが、祖父はオーライしか話せなかった。それでも誠実に働いたら信頼されて、金をためる事が出来た。

末吉の仕事先などを見つけてくれた人は、言ったそうだ。

「短い間でそれだけ稼げたんだ。田舎に帰ることはない。ずっと横浜で働いたらどうだ」と。

しかし末吉は国府津にもどって、自前の馬力引きになるのが夢だった。

「金もたまったし、どうしても帰る」

と頑固だった。

すると、その人は、

「それなら家の娘を連れて行け」

と言い出した。この人はもとは武士であったそうだが、維新の時、負け組となり、刑務所の牢番などをして暮らしていた。女房に死なれ三人の子どもを残され、男手一つで育てていた。

長女は早くから学校をやめて、家の仕事をしていた。

どうしても田舎に帰るという末吉に「娘を連れてってくれ」と言うのだ。末吉はそれほど気に入った娘ではなかったが、世話になった人の頼みは断われず、その娘と仮祝言を挙げて、買ったばかりの荷馬車に娘をのせて、前川村に帰って来た。

村で家族が死に絶えた家があって売りに出ていた所を買い求め、

新居とした。

ただ問題はこの嫁の性格のことだった。学校に行けなかったせいで文字が読めない。そのせいで世の中をひがんで見ていた。

「私は都会の女、武家の育ち、田畑になんて絶対出ません」

とかたくなに夫の仕事の手伝いを嫌った。

「たまには海でも見たら、どうだ」

と末吉が言っても拒否した。この村の人にとって海は共通の財産だった。暇さえあれば、海に行って砂浜で寝ころんで楽しむ。

しかし末吉の嫁ユキは、

「田舎もんのする事は訳が分からない。なんにもない海なんか見て、何が面白いのか」

とバカにした。

村の人々とも溶け込もうとはしなかった。台所を自分の城のように思って、一日中台所にいた。末吉は家に帰っても心休まる事が出来なかった。

ただ、手に入れたばかりの馬が可愛くてならない。仕事も面白い。手に入れた家の一部を改造して、馬小屋を作り、夜も馬と一緒に寝られるようにした。

そんな矢先である。末吉が仰天(ぎょうてん)する事がおこった。国府津町の旅館で働いていた妹、サエが未婚のまま妊娠して、家に帰されて来たのだ。

サエはきまじめな娘であった。旅の人と恋に落ち子を生(な)したが、相手は彼女をおいて旅立ってしまったと言うのだ。

田舎では結婚をしないまま、子を生(な)す事を非常に嫌った。ふしだらな女とされ、生れた子は「まちがえっ子」(まちがって生れてしまった子)と呼ばれるのだった。

末吉はそんな妹を自分の家に連れて来てそこで出産させた。末吉夫婦に子がなかったので、生れた子どもは末吉夫婦の子として、戸籍を届けた。その赤子が私の父である。

子を生んだサエは泣く泣く、生んだ子どもを手離して、再婚相手の男の所に嫁いで行った。このことを後年、私の父は、

「母は子を手ばなしてはならん。どんな事があっても」

と言い続けた。

末吉の嫁ユキは突然この子の母とされ、その事をいやがった。

「とんでもない。そんな子どもの親になんて、なるものか」

と頑（かたく）なだった。

末吉はこの子を抱いて、乳をくれる女（ひと）を見つけて歩いた。「もらい乳」という風習があったのだ。

出産したばかりで溢れるほどに乳の出る女性を見つけに歩いた。

喜之助と名づけられた子は他人の母とも知らず、乳をくれる人にかじりついて乳を飲んだ。乳がなければ子は育たない。

そんな赤子が末吉は不びんでならなかった。

女房のユキはこの子の母になる事をいつまでも拒否したが、それでも赤子は大きくなった。末吉はこの子が歩き出して、動きまわるようになると、この子のために小さな荷車を買って来て与えた。

末吉はこの子に隣村の小船まで馬のエサをもらいに行く仕事を与えた。喜之助は言われるままに朝飯の前にこの仕事をした。荷車の荷は軽かったし、隣村もそう遠くはない。

ある日、喜之助は父親に言った。

「父ちゃん、荷は軽すぎる。二日分を一日で運べる。その方がトクではないか」と。

すると末吉は言った。

「違うんだ。これ位の荷はオレの荷馬車のすみに乗せれば簡単に運べる。お前に荷車を買ってわざわざ運ばせるのは、お前に働く事の大切さを教えるためなんだ。人間は働かなければダメだ。働けば仕合せになる。それをお前に教えるのだ」

と言った。

学校に行くようになっても朝のエサ運びは続いた。

「おかげで今も足は丈夫だよ」

と年とった時、父は言って笑った。

と同時に働く事ばかり大切にして遊ぶ事を学ばなかった日本人の不幸を言った。

「それだから戦争になれば日本中が一本道を走ってしまう。人間には娯楽ってものが必要なんだ」

と父は言った。そして娯楽雑誌を創刊した。

そんな時代が来るずっと前の事だ。

幼い喜之助は石のように心の冷い義母に泣かされ、海辺の古舟のかげで泣いていた事があった。

その時、見知らぬ女の人が来て、泣いている子の手の上に金米糖（こんぺいとう）をのせてくれたのだ。

「私もネ、泣きたい事があるのよ。一緒に泣こうか」

と言って笑った。それは近所に住むお妾（めかけ）さんだった。

少年にはお妾さんがどんな女（ひと）なのか。何でその人が泣きたいのか分からなかったが、口の中の甘い金米糖と女の人のやさしさが身にしみて忘れられないと、年老いた父が話してくれた。

学校に行くようになると、喜之助は周囲が驚くほど賢かった。家に帰れば日が暮れるまで野良で働き、宿題をする暇もなく、教科書をひろげる事も許されなかった。

「お前んとこの喜之ちゃんは勉強がよく出来るんだとな」

と近所の人が言っても末吉はうれしくない。

「勉強が何ぼのもんか。人間は働かなくちゃあならねぇ」

と言って、喜之助に本をひろげる間も与えなかった。

文盲のユキは文字というものを毛嫌いしていて、教科書が置いてあるだけでも不機嫌（ふきげん）になった。

そんな喜之助が六年生になった。——そう、この頃の義務教育は小学校六年までだった。ある日、喜之助の受け持ちの石田先生と校長先生と村長が三人揃って、末吉の家にやって来た。

一体何事かと末吉はあわてた。喜之助のことだと言う。

「喜之助は村で何年に一度出るか出ないかの優秀な子である。ぜひ中学に進めさせて下さい」

と三人は口々に言った。村長は、

「村で金銭的援助をしてもかまわない。ぜひ中学にやって欲しい」

と言うのだった。

中でも担任の石田先生は必死だった。

「それじゃあ、せめて試験だけでも受けさせてやって欲しい」

と泣かんばかりに末吉を口説いた。

末吉は言った。

「そうじゃないんだ。金の問題じゃない。人間には身の程というものがある。うちみたいにしがない馬力引きの子が中学なんかに行ったら笑いもんになるんだ。身の程知らずと笑われる」

と末吉はかたくなだった。しかし石田先生もあきらめなかった。とにかく熱心だった。

「それじゃあ、試験だけでも受けさせて見るか」

とようやく末吉が折れた。

その頃、この地方で中学と言えば、小田原の神奈川第二中学校、通称、小田原中学であった。

小田原藩の藩校として存在していた学校を母体に明治三十四年、神奈川第二中学校としてスタートした。名門である。この地方の名家の子弟が集まる学校だった。

喜之助はその入学試験を何なくパスして、入学を果たす。末吉は不機嫌だった。自分の時は小学校は四年までだったのに、六年になってしまった。その上、中学に行けと周囲が言う。一日も早く、息子と一緒に馬力引きをやりたいのに、末吉の夢はますます遠のいた。しぶしぶ入学は許可したが、学校が終ったらすぐに帰って農作業を手伝う事が約束だった。それでもよい。まだ勉強させてもらえる。中学に進めた事は喜之助の幸運であった。三年間の中学生活を終る頃、喜之助の夢はひそかにふくらんでいた。

「もっと勉強したい。もっと学んで社会を動かすほどの人になりたい」

と考え始めていた。

中学でさえ、やっと通よわせてもらったのだ。

それ以上、望めるはずもない。末吉は早くも荷馬車の用意をして、親子で馬力引きになる夢でふくらんでいる。

その末吉の夢が断ち切られる時が来た。

喜之助は中学を卒業すると、忽然と姿を消した。夜汽車にとび乗って東京に出たのだった。

そして、明治大学に入学したのだ。大学生になったのだ。生活はありとあらゆるアルバイトをして、やって行こうとした。男一人、なんとでもなるだろう。

しかし、世の中はそう甘くはなかった。時代も悪かった。世界中が大恐慌に苦しんでおり、失業者がどの街にも溢れていた。

そんな混乱の大都会の片すみで、生きて住まう事さえ出来ず、学校にさえ行けない。

待望の新聞部に入部し希望に燃えていたが、やがて月謝未納者として退学させられる。

「どうしたものか」と行き悩んでいた時、故郷で兵隊検査を受けなければならなくなった。二十歳になったのだ。

世は満州事変から日中戦争の只中(ただなか)だった。喜之助の居場所もつきとめられて、検査を受けるため帰郷をよぎなくされた。

東京の暮らしも行きづまっていた時だ。この際、兵隊にでもなって見るか。

喜之助は兵隊検査を受けた。結果は甲種合格だった。家出した息子の思いがけない帰郷を複雑な気持で迎えていた末吉も、この甲種合格には喜んだ。名誉な事である。村を挙げて祝ってくれた。

そして、即入隊で御殿場の連隊に送られた。

しかし、ここで喜之助にとって不名誉な事が起こる。もう一度、ていねいな体格検査が行なわれた結果、喜之助の片方の目の視力がない事が見つかった。

村での検査では詳細（しょうさい）な事は分からなかったのだ。視力のない兵士など役に立たない。

即日帰郷となった。

これは不名誉な事だった。夜にまぎれて、こっそり家に帰った。末吉の無念はたとえようもない。近所の手前、何とかこの不首尾をかくさねばならない。

「それでお前はこれからどうしたいのか」

と問いつめられた時、

「もう一度大学にもどりたいが、金がなくてどうにもならない」

と喜之助は本音を言った。末吉は、

「それなら毎月五円なら送ってやれる。それで大学をやり直せ」

と言う。

「その代わり、大学を出たら警察官になってくれ」

と末吉は言った。

その頃、末吉は馬力引きの仲間に、「うちの息子は大学に行ってるんだ。卒業したら警察になるんだ」と自慢していたそうだ。

即日帰郷の不名誉はこれで清算されたのだった。

その夜の夜汽車にとび乗って、再び東京に出た喜之助は日本大学に入学し直して、末吉の送る五円で暮らしを立てようとするが、学校に通いながらする仕事が見つからず、相変らず苦しい日々だった。

田舎の父親の五円は大金であったが、東京で食って学校を続けるには厳しかった。

そんな時、思いがけない助け船が現われた。日大のN教授である。喜之助の人間にほれ込んだN教授は喜之助を自宅に連れて行って一部屋を与え、書生になれと言うのだった。

ありがたかった。

教授の原稿の整理と蔵書の整理が仕事だった。子どものない教授と夫人は喜之助を可愛いがってくれた。

非常に仕合せだったのに、喜之助はこの家を出ると言い出した。

「どうしてか」と教授に問われて、

「ここにいたら、自分はダメになる。先生ご夫妻はやさしすぎる」と言って、またしても荒波の世の中に出て行った。

出て行く喜之助に夫人は古傘を持たせた。「雨の日もあるでしょう」夫人の言葉に喜之助は泣いた。

泣きながら出て行った。苦しい生活を続けながら、とにかく日本大学を卒業した。

念願の時事新報社に入社して新聞記者になる夢も果たせた。末吉は律儀に毎月五円を送ってくれた。

末吉の念願である警察官にも一応なって見た。しかし、どうにもこれは性に合わなかった。すぐにやめてしまい、新聞記者になったのだ。自分の書いた文章が紙面にのる。喜之助は誇らしかった。自分の文章がわずかながら世の中に影響を与える。

それが喜びだった。時事新報の京浜地区の記者となった喜之助は小まめに街を歩き、問題点をさがした。人々は仕合せであるか、悲しんではいないかと取材して歩いた。

軍国主義が巾をきかす時代の中で、喜之助のやり方は独特であった。しかし段々、言論は自由を失って行った。

ほんの少し残された発言の自由を精一杯、活用して、新聞人として生きた。

その頃、前川村の末吉は相変らず土ほこりを挙げながら村の道を歩いていた。

またしても息子に警察官になる夢を裏切られたけれど、

「あの子はオレの大事な息子だ。そしてオレの夢だ」

と胸の中でつぶやきながら馬のくつわを引いていた。

父のこと、母のこと

喜之助が新聞記者として、ようやく自信を持った頃だった。突然、新聞社の人員整理によって、首を切られてしまう。何一つ落度があった訳ではない。

拡大して行く戦時体制の中で、報道は大きな新聞が少しばかりあればよい。政府が国民に伝えたいわずかなニュースを伝えれば事足りる。多くの新聞社が人員整理をして身軽になろうとしたのだ。

入社したばかりの喜之助達はイの一番に首を切られる。あっ気ないものだった。

喜之助は失業者となって冬ぐもりの風の吹く街に放り出された。

仕事をさがしまわるがどこにもない。「どんな仕事でもします」と腰を低くしても大学出がむしろ、邪魔になって使ってもらえない。

そんなある日だった。京浜地区の道端に喜之助は立っていた。大通りを突っ切ろうとしていたのだ。すると驚くほど大きな葬式の列が通って行く。

大変な人数で大げさな車が何台も続く。一体、どんなやつの葬式か？　と思った喜之助は「岩田大吉」と書かれた文字を読んだ。よほどの大人物であるらしかった。

その事を忘れずにいた。

「関係ない。関係ない。こっちは今夜の飯にも困る失業者だ」

わずかな退職金も使い果たした。その前に父親の望む警察官も勝手にやめてしまった。

路頭に迷ううちに、喜之助に一つの着想が浮かんだ。そのままの足で蒲田に向かった。駅前の花嫁学校、吉崎学園に走った。この学園の園長吉崎よしは新聞記者時代、取材で何回か訪ねて懇意になっていた。

ここで喜之助は自分を売り込んだのだ。

「これからの時代、女性も社会を知るべきだ。ニュースを知るべきだ。自分が講義をして、それをやって見せる」

講師として採用して欲しいと自分を売り込んだ。新聞社をクビになった事は伏せていた。採用となった。

喜之助は嫁入り前のお嬢さん達の前でニュースを語った。話のうまい喜之助の講座は好評だった。ニュースも学べる花嫁学校という事で学生の数も増えた。

喜之助はこの時、絶対に政府批判や戦争のことは触れなかった。女性が社会で普通に心得ているべき時事を語った。

もともと、喜之助は話がうまかったので授業は面白いものになった。ようやく、失業状態からは脱して、やれやれであった。

ふと教室の中を見ると、上品な娘達の中にひときわ人目を引く生徒がいた。岩田千世であった。千世はただ美しいと言うだけでなく、人の心を引きつける激しい力があった。

喜之助は思い返していた。あの時、バカでかい葬式に会った。「岩田大吉」の名があった。千世はこの大吉の一人娘だった。やがて、私の母になる女性だ。

岩田千世はその頃、失意の中にいた。父の突然の死は千世の全ての幸福、全ての未来を奪ってしまった。千世の母は千世が五歳の時、この世を去った。今の母は父の後妻である。

父、大吉は青雲の志を抱いて大分から東京に出て、印刷術を学んだ。大吉の出奔（しゅっぽん）を応援してくれた先生に、

「成功したら先生に絹の座布団（ざぶとん）を送ります」

と言って出て来たそうだ。

大吉は当時の日本の印刷技術が未熟である事に気づくと、中国の上海に渡って、西洋人がそこで伝えた印刷を覚えた。帰国して小さな印刷屋を開き、新しい技術を広めて大きくなった。

千世が生れる頃には豪邸を建てて、西洋の車を取りよせ、乗りまわすほどの暮らしをした。

不幸だったのは千世を生んだ後、母が亡くなってしまった事だ。千世には二歳上の兄がいた。やさしいが気の小さな兄で、千世はいつも、

「うちのお兄さんいじめたのダレ？」

と棒を持っていたずらっ子を追いまわしていた。

「この子が男の子であれば」

と父はいつも言っていたそうだ。

大吉はやがて後妻を迎えた。千世はこの義母が嫌いだった。大吉も後妻を愛さなかった。

たとえば、酔っぱらって大吉が帰って来る。玄関で寝込んでしまう大吉に後妻は手を伸べて起そうとすると、大吉はその手を振り払って、

「千世を呼べ、千世を」

と叫ぶ。

「千世はもう寝ました」

と言っても、後妻の手助けを拒否しつづけるのだった。

千世は父親が好きだった。父もこの娘を可愛いがり、ドイツからピアノを取りよせて、東京一のピアノの先生を呼んで来て習わせた。しかし千世はピアノは嫌いだった。海で泳ぐことの方を好んだ。

青山女学校の生徒の時は自転車に乗って銀座を走って警察に注意された事もあった。

「全く、この子が男だったら」

と父はそのたびためいきをついた。

千世はそんな父が好きだった。父に愛されていればほかにには何もいらない。気弱な兄も好きだった。義母だけは好きになれなかった。

そんなある日のことだ。青山女学校の放送が千世の名を呼んだ。

「岩田千世さん、すぐにお家にお帰り下さい。お父様が倒れられたそうです」

千世は動けなくなった。

家の男衆(おとこし)が車で迎えに来てくれた。千世が家にもどった時、父親はもうあの世に旅立った後だった。千世は目の前がまっ暗になった。「お父さんさえいてくれれば」と思って来たのにその父がいなくなってしまうなんて。

成功した父の葬儀は立派なものだった。喜之助が横切るために足踏みさせられた葬列であった。昭和十三年の春のことだ。

父を失った千世は、その寂しさと空しさを義母にぶつけた。前にも増して、義母との関係は険悪なものとなっていた。

そんな矢先に千世は喜之助と出会った。たくさんの生徒の中の千世を喜之助は特別な女性として見ていた。

「あの日の葬式の人の娘だ」

喜之助は、近隣でも大金持ちと噂される千世を一人の寂しい女として見ていた。

二人は恋に落ちた。喜之助はこれまで生きるのに忙しく、恋というものを知らなかった。

やがて、千世は喜之助の下宿を訪ねるようになり、泊って行く日もあった。千世の義母はあわてた。その頃、千世には降るほどの縁談が来ていたのだ。

創業者を亡くしたとは言え、会社は義母の手で続けられ、変らぬ繁栄を続けていた。義母には思いがけない才覚があり、二代目社長をこなしていた。

義母は千世の恋にはあわてた。

「こんなによい縁談がたくさんあるのに、わざわざ失業者を選ぶなんて」

と怒った。しかし千世は反対されればされるだけ、喜之助にのめり込んで行き、とうとう喜之助の下宿に住みついてしまった。実力行使である。おまけに千世は妊娠した。

喜之助はあわてた。この千世の腹の子を不幸にしてはならない。自分のようにさせてはならない。正式に結婚して、この子を仕合せにしなければならない。

まず岩田家の承認を得なければならない。

千世の兄と義母の承認を得た。次は前川村である。こちらは簡単であろうと思ったが、末吉の反応は意外なものだった。

末吉はこれまで息子にことごとく、裏切られて来た。せめて結婚だけは自分の思うように決めたいと早くから嫁さがしをしていたのだった。

トヨという身寄りのない娘を選んで自分の家に連れて来て住まわせた。

「お前はうちの嫁だよ」

と言って何年も暮らしていたのだと言う。トヨはかたくなな喜之助の義母とさえ仲がよく、家はうまく行ってるのだと言う。

「トヨになんと言ったらよいんだ。トヨは喜之助の嫁のつもりなんだ」

と一歩もゆずらない。ついに喜之助は千世の腹に自分の子がいるのだと切り出した。

末吉の態度がこの時、変った。

「そいつはいけねぇ。その子に罪はねぇ」

と言う。

喜之助が赤子の時になめた苦労をさせてはならないと末吉はようやく、喜之助の結婚を許した。

両家の了解を得ると、喜之助は結婚式を挙げてくれる所を探した。乃木神社が格安で風情もよいのでここを選んだ。

夏の盛りであった。千世の義母は絽の花嫁衣裳を用意した。花嫁は花飾りを頭につけてほおえんでいる。花嫁のお腹は心なしか少しだけふくれている。この一枚の古い写真が今も残されている。

この花嫁の腹には私がいた。その写真を見るたびに私はこの写真の中に私もいる…と誇らしく思うのだった。

喜之助は間もなく宣撫班となって中国に送られて行く。それが喜之助が得た仕事であった。宣撫班というのは戦争によって占領した敵地の人々に日本の文化や思想などを伝える役割だった。

宣撫班の兵隊として、私の父のように何らかの理由で兵役をはずされていた者、しかも大学を出ている者が選ばれた。喜之助にはぴったりの仕事であった。

もともと、喜之助は中国に行って見たいという夢があった。飛びつく思いで、中国済南の地に向かった。

千世は夫のいないまま、出産をした。実家にもどって嫌いな義母の世話になりながら、子どもを産んだ。大森の産院であった。

険悪だった千世の義母はこの子が生れると人が変ったように赤子に夢中になった。「可愛い、可愛い」と溺愛したと言う。

この子の首がすわるのを待って、千世は旅立った。済南の喜之助の勤務先で社宅の用意が出来たので、家族を呼びよせる準備が出来たのだった。

母、千世はその時、まだ十九歳だった。赤坊の私を背負って、たったひとりで大陸に渡って行った。

日本軍がまだ優勢であった頃とは言え、女ひとり、子どもを背負っての旅は大変であったと思われるが、千世はケロリとしたもの。

「私ね、旅ってものがしたかったのよ」

とその時のことを言った。

青島からの長い電車旅の時、歌手の淡谷のり子に会った話をした。

淡谷がスタスタと母の所に来て、

「日本の赤ちゃん、抱かせて」

と言ったそうだ。

淡谷はしばらく抱いたあと、赤子を返し「ありがとう」と言って去って行ったそうだ。調べてみると淡谷はこの前年、わが子を得ていて、その子を日本に残しての中国旅行であったようだ。

母千世はこの話を何回もして、テレビで淡谷を見るたびに、

「あんた、あの人にダッコしてもらったのよ」

とくり返し話した。

こうして、千世の着いた社宅は西洋風の鉄筋コンクリート造りのしゃれたものだった。

このあたりはもともとドイツが占領していた所だった。済南駅も立派でびっくりしたそうだ。

第一次世界大戦で勝ち組にいた日本に、済南を含む山東地方が与えられたというのだ。

千世は日本人だけが住む地域に暮らし、日本人用市場で買い物をした。アカシアの花が咲き、クーニャン達が「何日君再来」（フォーリーチンツアイライ）と歌って歩いている。この歌は日本でも大流行になった。

千世はこの社宅での四年間が特別に仕合せだった、と後年よく話した。ここで二人目の子どもを授かった。恵梨子と名付けられた丸々ふとった女の子だった。成長も早く一歳になる前に歩き出すほど元気だった。

しかし仕合せだった済南生活はここで立ち切られる。上官と争った父は、怒って日本に帰ると言い出した。突然の事だった。千世は赤坊を背負って私の手を引いて帰国の支度をした。

一家が北京まで来た時だった。喜之助は突然、

「用事が出来たから行って来る。君はこの宿でゆっくりしているように。赤坊は風邪気味だから外を出歩かぬように」

と妻に言って出かけてしまった。

千世はしばらく待っていたがなかなか夫は帰らない。

北京の町が見たかった。赤ん坊にはたくさん着せて、ねんねこ半天でおんぶして、外に出た。実に面白かった。一生、北京になんて来ないだろう。いま見ないでどうする。もともと好奇心旺盛な千世は時間を忘れて町を歩きまわった。

千世が宿にもどるのと、喜之助のもどるのが一緒だった。

「赤ん坊は風邪を引いてるんだぞ」

と大声で千世を叱った。

船に乗ってからも喜之助の怒りはおさまらなかった。おまけに赤子は高熱を出して苦しみ出した。

船の中は軍人の天下で傍若無人に騒いでいる。医者も軍人優先で赤子など診てもらえない。

東京に着いてすぐ日赤病院に連れて行ったが、着いた時には事切れていた。あっけない赤子の死であった。生後十一ヶ月、誕生月の一ヶ月前だった。

喜之助は怒っていた。

「あの時、お前が北京をウロウロしなければこの子は死ななかった。お前が殺したんだ」

と喜之助は千世をせめた。

喜之助は悲しかったのだ。赤子の死を知ると映画館にとび込み、暗闇の中でひとり泣いた。

赤子の遺体は千世の背におぶられ、前川に運ばれた。この子は末吉が買い上げた家と共に墓地もゆずり受けた見知らぬ人の眠る地に埋葬された。

千世はそれが悲しかった。後年、喜之助が自分の墓地を買った時、一番先に恵梨子の眠る土を運んで埋葬しなおした。

哀しいからと言って、わが子が死んだというのに、映画を見ていた喜之助を千世の親戚は責めた。

私の父と母、喜之助と千世はこの時から険悪な関係となり、回復する事はなかった。

子どもの私にはもとよりそんな事は分からない。

妹が動かなくなって、小さな箱に入れられて、お寺に運ばれるのを不思議に思って見ていた。

ああ哀しき前川村

恵梨子の死で気まずくなっていた父と母だったが、幸いなことに母はもう一度身ごもった。末吉が望むようにこんどの子どもは前川村で出産する事になった。一家でこの村に来た。

昭和十九年、春の終りであった。来春、小学校に入学する私のこともあった。

私達に与えられたのは物置小屋の二階の六帖間だった。東京から送った母のタンスや電蓄が入り切らなくて、廊下に並んでいた。

幾部屋もあった東京の家からすると押し込められたようだった

が、母はここで子どもを生んだ。妹の久美子である。

前川の祖父母はこの子の事を喜んで、

「うちで生れたからうちの子だ」

と言った。その後、母は二人の子どもを生んで、私達は四人姉妹になったが、祖父母の久美子びいきは特別だった。

昭和二十年の春、その日は日曜日だった。空襲警報も解除になった。私の家ではその日、お客さんがあり、母は物のない時代に精一杯のごちそうを揃え、持てなしたところだった。おいしそうだなと見ている私に、母は、

「お客さんが済んだらね」

と言った。

やがて、お客さんが立ち上り、父が下駄をつっかけて見送りに出た。

「さあ、ごはん」

と母が言ったと同時だった。お客様を見送りに出た父が大あわてで帰って来た。

「火事だ。火事だ。すぐそこの家だ」

と叫んで、家の中の荷物を持ち出そうとしている。

村はずれの一軒の家で息子の祝言を挙げていた。料理の天ぷらに火が入り燃え上った。

たちまち、春先の風に乗って火は大きくなった。結局、村の八割を焼き尽す大火災となった。

戦時中でもあり消火設備もなく、火はほとんど自然鎮火を待つしかなかったそうだ。わが家ではまずフトンを持ち出した。線路の傍の平地の安全な所に一家族分のフトンを運んで積み上げた。そばにいた私に、

「見はりをしてなさい」

と言って、両親は他の大切なものを持ち出すためにもどって行っ

た。

　どこの家でも荷を持ち出す事に必死になっていた。私は言われたようにフトンの山を見つめて番をしていた。

　その時だった。東京の大空襲で焼け出され、この村の親戚に身をよせている親子がやって来た。

「あなた、何をやっているの。ここにいては危いわ。一緒に逃げましょう」

　と母親が私の手を引っぱる。

「フトンなんてどうでもよいの。まず命よ。命ほど大事なものはないのよ」

　と私の手を引っぱる。裏山の上へ上へと親子は走って行く。

　フトンの事は気にかかったが、この小母（おば）さんの迫力はすごかった。頂上まで来た。足元に見える火事は大蛇のようにのたうちまわりながら東へ東へと動いて行く。

私を引っぱって来た小母さんは泣いていた。空襲の夜を思い出すのだと言った。

「たくさんの人が死んだのよ」

山の上には逃げて来た人がたくさんいた。火が東に去ったのを見て、「もう大丈夫だ」と大きな声で誰かが言った。ゾロゾロと山を下った。私はフトンの所に走って行った。

フトンの山は半分以上なくなっていた。火事場泥棒に持ち去られたのだ。

両親はどんなに叱るかと小さくなっていると、

「おう、いたいた」

「よかった、よかった」

と喜んでいる。私がいなくなったので探していたのだそうだ。

私を連れて行った小母さんは、

「私がお連れしたのです。危いと思ったものですから」

としきりに謝った。小母さんの好意はよく分ったので、両親はお礼を言った。

しかし、私には〝役に立たないフトン番〟という不名誉の名がついて、フトン不足に困るたびに私は責められた。

一家はわずかな家財と共に焼け残った常念寺の本堂に身をよせた。そこにはたくさんの避難家族がいた。足のふみ場もない。寺と懇意（こんい）であったわが家は特別に本堂の奥の仏壇の下に入れてもらうことが出来た。

この夜、私は仏像の下で恐くてふるえながら眠った。ようやく、仏壇下にわずかなスペースを見つけ出した頃、祖父は悠々と帰って来た。馬と荷車をうまく持ち出したと喜んでいる。

眠る前に、一家は皆空腹だった。お昼ごはんの寸前の火事騒ぎだった。空腹を抱えて眠るしかないのかと皆が思った時だった。

その時、父のいとこの小母さんが大きなザルにいっぱいの塩むすびを届けてくれた。炊きたてを握ったのだろうか、そのうまい事。家族はザルに手を伸ばした。

するとと近くにいた子どもも手をのばして来る。ジロリとその子らを見た父は、

「食え、食え、皆腹ぺこだ」

と言った。ザルはアッという間にカラになった。

日が経つと、寺に避難していた人々も近隣の村に親戚があるのだろうか、一軒二軒と去って行った。どこへ行くあてのないわが家は寺の本堂の脇の小部屋を借りて住む事になった。

たった六畳間で台所もない。その部屋の奥にもう一部屋あって、寺の親戚が住んでいる。二室の横に廊下があって、トイレはその廊下のすみだった。

子どもは庭で用をたせと言われて、生れて初めて草の上におしっこをした。東京の母の実家の豪邸は立派な大きなトイレがあった。

六畳一間に家族六人が一年間、暮らした。その部屋には南に向かって三段ほどの庭に下りる木製の階段があった。そこが私の居場所だった。宿題もここでやった。目の前を東海道線が通っていて、遠くには海も見えた。

私はここが好きだった。ランドセルもここに置いた。その頃、戦争末期、ランドセルなど誰も持っていなかった。父が中国の街で見つけて、まだ小さかった私のために買っておいてくれたものだ。友達は風呂敷に教科書やお弁当を包んでいた。一人だけランドセルを背負うのは気が引けたものだ。

とにかく、前川大火の春、私は小学校に入学した。火事の時、母が持ち出してくれた一張羅のワンピースを着て入学式に行った。

それから二月経って、六月に父に召集令状が来た。片眼の視力がなく即日帰郷とされた父はもう三十歳になっていた。それでも赤紙は来た。家もなく、寺の一間を借りて暮す中での応召だった。

母は、

「あんまり悲しくて笑っちゃった」

と後で話した。

「今頃とられるのは弾（たま）よけだぞ」

と近所の人は言った。駅まで父を見送りに行ったが父のように年をとった元気のない兵隊さんが列車に乗せられて旅立って行った。

父の行き先は千葉の習志野の連隊だった。

父は中国では宣撫班にいたのだし帰国しても翼賛会にいた。今頃になっての応召は訳が分からなかった。

敗戦に向かう日本軍はとにかく兵隊の数を集めようとした。片目の視力がなかろうが、少し位体力が弱かろうが、男という男は応召された。

すでに兵隊を南方の戦場に送る船も飛行機もない。とにかく国は兵隊の数を増したかった。

父達ロートルと十九歳にも満たない少年達が一緒の部隊に放り込まれていた。

もうひとつは本土決戦を考える軍は太平洋の湾岸に上陸して来るであろう敵軍に対して、迎え討つ塹壕を用意するため、中学生男子が私の村の浜辺でも駆り出されて、毎日穴堀をしていた。

終戦になった時、穴は埋められずいつまでも残された。

父の兵隊生活はひどい物であったと思われるが、決して父はその時の話はしない。

父の部隊に大学出が四人いたそうだ。上官は小学校しか出ていない。コンプレックスのせいで大学出を目の敵とし、暴力を加えたのだと言う。父の友人が面会に行って、なぐられている父を見たそうだ。

「岩さん、死んじまうよ。」と言う。しかしどうする事も出来なかった。終戦の日がひたすら待たれるのだった。

寺の一室の家族にもその頃変化があらわれた。一家には収入もなかったが、祖父が作っていた野菜やいもなどが一家の腹を満たした。その事に気づくと母は変わった。東京で優雅なお嬢さんとして育った母が、祖父のかつぐ肥担桶（こえたご）の片棒を黙ってかついだ。祖父一人では運べない。

黙って片棒をかついでくれる嫁に末吉は声も出なかった。お寺の人々の糞尿（ふんにょう）を集めて畑に撒（ま）く。それが肥料となって野菜が育つ。寺の人々は助かる。祖父も助かる。

母は段々、農作業も覚えた。母は楽しくてしょうがないと言う。苦労という事を知らなかったから、苦労が面白いと言う。

若くて体は丈夫だったから何でも出来た。

ある時、海にブリがいっぱい上った時があった。海辺に上ったブリを上まで運び、漁業組合におさめる。母は女学校の体操の時間のようにこの仕事をこなした。思いがけなく大金を手に入れる事が出来た。母はうれしそうに帰って来た。

母が喜んでいるので、これはよい話だと私は思った。その後、母の実家に行った時、私は皆の前で、

「うちのお母さん、すごいのよ。お魚運んでお金もらったの」

とご披露(ひろう)に及んだ。

母の実家の人達は相変らず優雅に暮らしていた。母が魚運びまでしたと聞いて、「まあ」とびっくりしている。その日、私が母に叱られた事は並大抵ではなかった。

「バカだねぇ、この子は」

母はよほど恥ずかしかったのだ。

母が肥担桶(こえたご)までかついでいると知ったら卒倒しただろう。

末吉の百姓仕事を手伝い、一家の者を食べさせなくてはならない。

母は必死だった。これまでこの東京から来た嫁(よめ)っ娘(こ)を毛嫌(けぎら)いしていた末吉は驚いた。

今だに、野良に出るのを嫌っている女房のユキと何と言う違いだろう。

「戦争が終れば夫は帰るだろう。その時まで私は頑張ろう」

と心に決めて母は末吉の手伝いをした。

大きな火事があって間もなくの事だった。火元になった家の近くに大きな倉庫があった。倉庫の中味は缶づめの山だった。地元の中学生達が軍の命令でこれを運んだという。つまり日本軍の隠匿物資だったのだ。

飢えていた近隣の者はポンポンとこげて割れる缶づめを拾って来て食べて見た。焼けこげた缶づめはおいしかった。サケの缶づめである。

最初は一つ、二つと頂戴（ちょうだい）して来て食べた。おとがめはなかった。だんだん大胆になって、荷車で運び出して、飢えた人々のお腹を満たした。

そのうち隣村の人達まで噂を聞いて、リヤカーを引いて取りに来た。終戦の年のことだ。

皆飢えていた。しかし前川村の者は許せない。

「これはオレ達焼け出された者の大事な食料だ」

と他村の者を追い払った。

前川村の若者は自警団というものを作りサケ缶を守ろうとした。

相変らず家を焼かれ食もなく、皆困っていた。

ところが火元になった家の者は焼け跡にバラックを建てて、平然と暮らしていた。

自警団はその家の前に行って毎晩歌った。

「天プラ料理に火が入り

あゝ哀しき前川村」

という歌を作り、お祭りのタイコを叩いて大声で歌った。

火元の家はとうとう居られなくなって引越して行った。焼け出された惨めさをどこに訴えたらよいのか分からなくて、若者達は歌った。

子どもの私は「あゝ哀しき前川村」のところだけ覚えて歌った。その後ずうっと歳月が経って、私は小田原の高校に進んだ。

「どこの出身？」

とたずねられて、前川村の名を言うと、

「じゃあ、火事のあったとこネ」

と言い、

「缶づめをもらいに行ったものよ」

と言う。私は、

「でも自警団に追い払われたでしょ」

と言った。するとその人は、

「そんなのいなかった。たくさんリヤカーにつんで帰った」

と言う。

「まあ、自警団たら何やってたのよ」

私は残念がる。そして、

「皆ハラペコだよ」

と貴重なおにぎりを周囲の人に分け与えた父のことを思い出した。

戦争が終ってしまってもまぼろしの倉庫のおとがめもなく、皆のお腹に入ってしまった。私の心には「あゝ哀しき前川村」という歌だけが今も聞こえている。

線路端（せんろばた）

私達の借りた部屋のすぐ近くを東海道線が走っている。国府津駅はすぐだ。駅のアナウンスが聞こえるほどだ。

その線路の土手に草花の咲く空間があった。ここを線路端と呼んで、私達の遊び場にしていた。近所の子も集って来てママゴト遊びをしたりした。道具は何にもないけれど咲き乱れる草花がうれしかった。

頭の上を通りすぎる列車は戦争が終ってから、日本を占領した米軍の兵士であふれ返っていた。

彼らは御殿場の基地に運ばれて行くのだ。戦勝国の兵たちは明るい。車内は喜びでいっぱいなのだろう。歌い踊り、ビールを飲んで騒いでいるのだろう。歌声は車外にまで届く。

敗戦国の子どもは線路端にすわっている。酔いにまかせて、兵たちは手当り次第、物を投げた。その物に群がる敗戦国の人々を彼らは大声で笑う。

そんなある日、ボール箱に入った白いものを投げた事があった。大人達が駆け寄り、箱をあけたが、白い粉が入っているばかりだった。それが何なのか分からない。箱には英語が書いてあるが、誰も読めない。

その時、ミッションスクールの青山を卒業していた私の母が呼び出された。不安そうに走って来た母は、箱の上の文字〝ＳＯＡＰ〟を石鹸と読んだ。集った大人達はその粉を等分にわけて持ち帰った。石鹸の入っていた箱は、英語を読んだ功績で母に与えられた。

その頃は何もかもが不足していた。ボール箱は貴重なものだった。母はその箱を私が学校から持ち帰る通信簿や絵などを入れておく箱にした。その箱は八十年も私の手元にあり、今もボロボロになって残されている。私はその箱を敗戦記念品とひそかに名付けている。

その後、軍隊から帰って来た父は、

「へぇー、お前さんの英語が役立ったのかい」

と笑った。

線路端で遊んでいると復員兵がぞくぞくと帰って来る。終戦の詔勅を聞いた時から母は、

「そこにいて、お父さんを見つけなさい」

と言った。

復員兵は皆似てたし皆、お父さんに見えた。そろって、毛布をクルクル巻いて肩にかついでいた。終戦の時、支給されたものだ、という。私の父の毛布には赤チンと包帯が入っていた。父は衛生班だっ

たのだ。

「もっとよいものもらってくる人もいるのに」

と母は残念がった。

それでもなんでも、父は帰って来た。駅から歩いて来て、線路端の私を見つけた。持っていた毛布を地面に投げつけて、父は私を抱き上げた。そして、そのまま両手を高く上げた。

私の体はフワリと宙に浮いた。

「汚ねえ子だな」

と父は言う。それはそうだろう。お風呂にも入っていない。着がえもない。私達は「汚ねえ子ども」だった。

「女の子がきれいじゃない国はダメなんだ」

「お父ちゃんがきれいな子にしてやるからな」

父の帰還（きかん）は一家の仕合せだった。

「もう大丈夫、お父さんが帰って来たんだから」

一家の安堵(あんど)であった。

しかし父は、借り部屋のわが家で一泊しただけで飛び出して行った。家族が田畑の収益で暮らしていける事、お嬢様であった母が人が変ったように野良に出ている事などを確かめると、翌日、外に飛び出して行った。

行ったきり何日も帰らなかった。父にはもう待ち時間はなかった。一日も早く志を果たさなくてはならなかった。戦争のおかげで遠まわりだった。

飛び出して行った父は秋までに自分の旗を上げた。

娯楽雑誌の創刊である。

「軍人や金持ちがいばっていた時代は終った。こんどはわれわれが仕合せになる番だ」

と父の上げた旗は歌っていた。

雑誌を作るためにありとあらゆる知人、親戚からお金を借りた。

借りる時、父は言ったそうだ。

「オレのやる仕事は儲(もう)からないと思うけど貸してくれ。夢なんだ。ロマンなんだ」

と言って五万円の金を集めたのだった。

「食うものもない。着るものもない。そんな時に雑誌など買うだろうか」

と皆言った。

そして、雑誌『平凡』を世に問うと、またたくまに売れてしまった。人々は食にも飢えたが、活字にも飢えていたのだった。

一息ついた所で父は焼け跡に家を建てた。寺の部屋から出る事が一家の念願だった。しかし物資のない時代、材木もなく、人手もなく、家作りは難渋した。やっと家が建ち、末吉の念願だった馬小屋も出来た。

新しい家に移って行く時、私はチラッと線路端の私たちの部屋を見た。ここで聞いた戦勝者の勝ちどきの声と敗戦国の子ども達の叫び声を思い出した。

そして、勝っても負けてもいい。とにかく戦争が終った喜びはどちらの国も同じだという事を思っていた。

汚い女の子が座っていた線路端の草むら、今はどうなっているだろうか。

さくら

村の八割を焼き尽した大火だったから、村のまん中にある小学校も丸焼けになった。

昭和二十年四月、一年生になった私は丸焼けになった学校に入学した。のっぺら棒で何もない。

でも校庭のすみに机とイスが並べられていた。上級生があの火事の中から机とイスを運び出してくれたのだそうだ。

あの頃、戦時中は自分のことより公を大切にせよと教えられた。だから男性達も家のことは放っておいて勤め先にかけつけた。

上級生は学校にかけつけた。しかし、火はすでに天をつくほど大きく、消すことなんて出来ない。それで机とイスを運び出してくれたのだった。

入学したばかりの私達はその机に向かってすわり、新一年生になった。青空教室である。焼け出された子どもは着のみ着のまま校庭のスミで、それでも胸をふくらませて学校生活を始めた。

空には敵の飛行機がやって来る。そのたび防空壕にとび込んで、暗闇の中で歌った。

意気地なしの私はこの暗闇が死ぬほど恐かった。敵機が去るのをひたすら待った。

そんなある日だった。先生が粗末な小さな紙を配って、「がっこう」という題の絵をかくように言った。

見まわして見ても、学校の形などどこにもない。

ただ、校庭のすみに桜の木が立っていた。そして花いっぱいに咲き誇っていた。

誰かがさくらの絵をかき始めた。皆真似して、さくらを描いた。粗悪なクレヨンしかなかったし、色もそろってなかった。まっ赤なさくらやまっ青なさくらになった。書き直そうとするが消しゴムも粗悪で紙がやぶけてしまう。それでも何とか、桜を描いて、「がっこう」と題を書いた。

校庭のすみにあった桜は火の手をのがれて、今を盛りと咲き誇ってる。それはまぶしいほど美しかった。

東京から来て、田舎の一番嫌いな所はすべての色彩が地味で薄汚い所だった。皆が着ているものも地味でぼやけている。

けれど学校に咲いていた桜は輝やくほど美しかった。

みんなが揃って桜を書いたことを若いおサゲ髪の先生は笑いながら、

「よく出来ました」

と言ってくれた。

戦争が敗色濃くジリ貧になって行くと、軍部はとんでもない事を言い出す。日本軍は絶対に負けないのだ。本土決戦で敵を迎え討つ。その為に海辺の地に残壕を作って敵の上陸を待つのだと言って、中学生が穴堀りに駆り出されていた。

本土決戦とはなんと言う恐ろしい作戦だろう。

海の向こうから敵の軍艦がやって来て、鉄砲を討つのだ。中学生が掘っている残壕に日本の兵隊さんが隠れていて、上陸して来る敵と戦うのだと言う。

後で知ったのだが、この作戦に足手まといとなる老幼の者、つまり高齢者と子どもは殺す、という案もあったのだそうだ。

恐ろしいのは敵ではなく、「役立たない者は殺してしまおう」と考えた日本軍だった。

しかし、本土決戦も実現しないまま、戦争は終った。中学生は堀った穴を埋めないまま去って行った。その穴はいつまでも残されていた。

戦争が終ってても青空教室は続いていた。雨の日は防空壕で歌を歌った。話の上手な先生がいて、暗闇の中で話を聞かせてくれる時もあった。どんな話だったか忘れてしまったが、とにかくその時間が楽しみだった。

しかしその先生の話は、やがて種切れとなってしまった。ただ、お話の楽しさだけは私の心に残った。

戦争の続くうちは誰の命も危うかった。母は朝、私を学校に出す時、このままこの子と会えなくなるかも知れないと思ったそうだ。

だから戦争が終った時、母は、

「あら、よかった。これで死なないで済んだ」

と大きな声で言った。

しかし多くの日本人は泣いた。日本国が負けたという事が哀しかったそうだ。「死なずに済んだ」なんて喜ぶ私の母はとんでもない非国民だった。

「お父さんも無事に帰って来る。こんなによい事はないワ」

と母は女学生のようにうきうきしていた。

そして相変らず、祖父の片手となって、畑仕事に精を出していた。

そんな日から歳月は去った。私が大人になった時の事だ。新聞で「さくらの思い出」という文章を募集していた。

私は思い出のさくらの事を書いた。入選して、文章が掲載された。

すると、それを見たという友達から電話があった。懐しいと言ってからその友は、

「でもあの桜、もうないよ」

と言う。

「えっ桜、どうしちゃったの」

桜はとっくに切られてしまっていた。近代的な校舎が出来て、桜

のあった位置さえわからない。
私達の記憶の中では、春になるとあの桜は咲いていたのだ。

ふみきり

私の家族が仮住いしている寺の前に小さなふみきりがあった。山に通じる道はふみきりを越えるとダラダラと国道に下りて行く。遮断器もなく係員もいない。ただ板が並べてあるだけのふみきりだった。ここまで来た者は列車が通りすぎるのを見定めて、走って渡る。

そんなふみきりが山から下りて来たみかん農家の荷車でいっぱいになる事があった。秋のみかんの収穫の時だ。みかんを荷車に積んだ人々が絶え間なく、ふみきりを越えて行く。

戦争が終って少し経った頃の事だ。

ある時、列車の中の買い出しの人が窓から、たわわに実るみかんに目をつけた。食べ物がなくて、食べ物を求めて都会の人々が田舎を目ざしていた。

「みかんがこんなに実っている。分けてもらおう」

と誰かが言い出した。国府津駅で下車して山に登り出した。盲（めくら）滅法（めっぽう）登って行くと、みかんの収穫をしている農民がいっぱいいた。

「みかんを売って欲しい」

と頼まれると、二つ返事で、

「いいよ」

と言う。農業会に下ろす値段を言うと、大喜びで都会の人が買ってくれる。畑で現金が飛び交う。

買い手からすると安い値段でみかんが手に入る。子どもが喜ぶだろう。大喜びであった。厳密に言えば、食糧管理法違反だろうが、主食でないため通り抜けられたのだろう。

みかん買いの客は次から次とやって来る。畑で現金が手に入る。思いがけず、みかんバブルとなった。男達は持ちつけない現金をズボンのポケットに入れて興奮した。落着かない。

隣町の国府津の芸者に血道を上げる者、地味な農作業がバカらしくなって、仕事を放り出す者、男達は変わった。みかんバブルは翌年も翌々年も続いた。

「おらぁ、一ぺん芸者遊びって奴をして見たかった」

と男達はたばになって国府津通いをした。

それでも一応楽しむと、

「男っちゃあバカなもんだな」

とそれでお終(しま)いだった。

ただひとり時男という男だけはそれですまなかった。一番年の若い気弱そうな女に溺(おぼ)れた。女は病気の親を抱えていると言って泣いた。時男はそんな女に金を与えた。

「オレが面倒見てやんないと、この女はダメなんだ」

とどこまでも女に溺れて行った。

時男には小学校三年になる一人息子がいた。それまで子ぼんのうで家族思いであった父親が、変わって行くのを息子はじっと見ていた。


どこの家でも男は遊びを覚えた。女房の方も男が遊ぶ分、少しだけ分け前をもらって、機嫌がよい。男達は「これは遊びだ」と割り切っていた。

みかんの実のなる頃、男達はソワソワしてこの世の男の楽しみを少しだけ味わった。


ひとり時男だけが若い芸者にのめり込んで、この女に貢ぎ続けた。その女に頼られるのがたまらなく快い。

「オレが守ってやらないとこの女はダメなんだ」

とますます入れ上げた。

時男の女房は、

「いいかげんにしたら」

と注意するが聞く耳を持たない。

「あんた、だまされてるのよ。目を覚ましなよ」

と女房が言えば言うほど、

「うるせぇ、オレのやることに四の五のいうな」

とどなりつける。

「お前こそ、出て行け。邪魔なんだよ」

そんなケンカを毎日くり返していた。

もうとっくにみかんの収穫も終り、少しばかりの現金収入に満足して、農民はもとの地道な暮らしにもどっていた。

時男ひとりが夢から覚めず女に夢を見ていた。

「いいかげんにしておくれ。目を覚しておくれ。昔のあんたに戻っておくれ」

と女房は泣いて頼むが、女にのめり込むばかりだった。

自分と女の恋路を邪魔するのは女房の悋気（りんき）のせいだと考えていた。実はその女はしたたかで、時男をカモと考えていたのだ。

「あんた、だまされてるんだよ。目を覚ましなよ」

と言う女房の言葉も聞かない。

「今度金が入ったら二人で世帯を持つ家をさがそう」

と女と約束していたのだ。

そしてまた秋が来た。世は大分食料事情もよくなったが、みかんを買い求める客は減らなかった。

時男も待ってましたとばかり、女に金をつぎ込んだ。

「いいかげんにしておくれ。みかん畑は金を生む所じゃないんだよ。湯水のようにそんな女にくれてやって。あんたバカだよ。だまされてるんだよ」

と、その朝、女房は思いつめたように言った。

「うるせぇ。だまってろ。おれの金をどう使おうとおれの勝手だ。悋気もいいかげんにしろ」

時男はとっくに家族を捨てていた。一途（いちず）に女と世帯を持つことを夢見ていたのだ。

「じゃあ、私と子どもはどうなるんです」

「どうなろうと知ったこっちゃねえ。勝手にしてくれ」

と時男は言い放った。

女房は目にいっぱい涙をためてじっと夫を見た。

「うるせぇ。お前なんか死ね。死んでくれれば万事うまく行くんだよ」

息子は障子のかげで父と母のケンカを見ていた。母に向かって「死ね」という父の声を聞いていた。

母が可哀そうで息子は泣いた。

その日の夕方である。その日もみかんはよく売れた。男達のズボンのポケットには札束がこぼれるほどだった。収穫したみかんを家まで運ぶ手間も省けて、荷車に空箱と女房をのせて、ガラガラと山を下りて行く。

険悪な時男さえ女房に、

「車に乗れ」

と言った。

女房はうれしそうに荷車のすみに座った。

「まあ、珍しい事もあるもんだ」

と口の中で言った。

「何て言ったたって長年の夫婦なんだから」

とも言った。

空車にのせてもらった事がよほどうれしかったらしい。

荷車はふみきりの近くまで来た。いつものようにふみきりを渡る車が列をなしている。男達は足踏みをしてジジリと待った。列車が去ったと見るや、荷車は掛けぬけるようにふみきりを渡るのだ。ようやく時男の番が来た。ところがふみ切りの横板の所で荷車の輪がはまり込んでしまった。そこの板がこわれかけているのは皆知っていた。だからそこを避（さ）けるようにしていたのだ。

時男は必死で引き上げようとするが、はまり込んでビクともしない。荷車の上の女房は、

「あんたぁ　あんたぁ」

とただ叫（さけ）ぶばかりだった。

まもなく国府津駅に近づく列車はスピードを落として、悠々と近づいて来る。荷車を引いていた時男は、あまりの恐しさに荷車の女房を見捨てて、ひとりで線路の外に出てしまった。

女房をのせた荷車は列車と衝突して、めきめきと壊（こわ）れながら吹っ

飛んだ。女房の体は板切れと一緒に飛び散って、線路に頭をぶつけて即死した。

まわりにいた者が女房を抱き上げて脇道に運んだ。

時男は難をのがれて、線路の脇（わき）でふるえている。女房を助けられなかった事を悔いていた。一人息子は母の遺体をみつめたまま何も言わない。

今朝、父と母がはげしいケンカをした事を思い出していた。

「お前が死ねば都合がいいんだ」

と父は言った。その事を思い出していた。

やがて、鉄道の人がたくさん来て、事故の顛末（てんまつ）を聞いた後、板のめくり上ったふみきりを見た。ふみきりを放置していた鉄道の責任という事になった。鉄道の人は時男に深く詫（わ）びて帰って行った。警察も来たが、時男が女房を殺したとは言わなかった。

板のめくり上ったふみ切りは改善（かいぜん）され、道は地下をもぐる形式に変わった。何事もなかったように列車は通過して行く。

時男はなぜか女遊びもぷっつりやめて、農作業に精を出して、地味な生涯を終えた。

息子も父を責めなかった。母の死に顔がほほえんでいた事を忘れなかった。「荷車に乗れ」と言われたことがそれほどうれしかったのだろうか。

いつとはなしにそんな大事故も村の人の脳裏から消えて行った。何事もなかったように海風が吹いている。

それなのに老人達は忘れていなかった。

「ありゃあやっぱり、時男の犯罪だ。女房が邪魔になったんだ。それであの日に限って荷車に女房をのせて板のはずれた所を通ったんだ」

と言い出す者がいた。

「おう、おれは見てたよ。時男が逃げ出す時、ニヤリと笑ったのを」

「おっかねぇなあ。色恋っていうのはよ」

「色恋は人を変えちまうもんな」

老人達はためいきをついた。

もう、山にみかんを買いに来る人はいない。

電化した列車が何事もなかったように通りすぎて行く。

いなご

二年生になる頃だった。やっとバラックの校舎が出来た。床はなくて、ゲタをはいたまま授業を受けた。それでも屋根も壁もある。屋根は焼け残りのブリキだったから、穴があいていて、雨の日は雨がもる。傘を差して勉強した事もあった。それでもうれしかった。

上級生は相変わらず村の中のお寺や神社で勉強していた。だから私達は上級生を知らなかった。私の家族が間借りしている寺の本堂も五年生の教室だった。

「あんたも五年生だったらよかったネ」

と母はよく言った。寝坊の私は毎朝起こされて学校まで飛んで行くのだ。学校が隣だったらどんなによいか知れないと思う。

しかし、上級生達は遠方からやって来る。学校としては一年生のために、校舎を使わせてくれているのだった。

バラックの教室も低学年優先だった。全員の生徒が一つに集まれるまでにはまだ時間がかかるはずだった。

ところが急に本建築の学校が着手された。村には長い間大事にしていた保有米というものがあった。火事にものがれて、村の保有米は大切にされていた。

その時、村のおえら方達が、

「あの保有米を売ろう。学校を作ろう」

と言い出したのだ。

もちろん、反対の者もいた。

「やっとためた保有米だ。子どものために使っちまうのはどうか」

と反論もあった。

しかし「子どもはわれわれの未来だ。今のままでは可哀想すぎる」という意見が通り、建築が始まった。私達は生れて始めて、下駄をぬいで入る教室を贈られたのだった。

最初に教室に入った時、うれしくて、皆ゴロゴロころがって床をなぜた。上級生達も帰って来た。新しい学校を見て、皆泣いた。

もうなんにもいらない。

しかししばらくすると、音楽室は出来たけどピアノがない。図書室はあるけど本がない。

皆の力でピアノを買おうと言う事になった。

食糧難が続く中、いなごの佃煮(つくだに)が高価で売れるそうだ。学校中の生徒で裏山に行った。

体育の時間を利用して、皆で裏山に入った。それぞれ、布の袋を持って行って、捕(と)れたいなごを袋に入れる。みるみる皆の袋はいっぱいになる。校庭に走って行って、いなごをあけて来る。その早いこと、早いこと、またたく間に大きなカゴがいっぱいになる。

先生は地元の佃煮屋と契約をして、いなごを買い上げてもらえる約束が出来ていた。

皆、ごきげんだ。いなご捕り自体が遊びのようなものだから皆張り切っている。私ひとりがまごまごしている。一匹のいなごも捕れないのだ。うろうろしていると、

「どけ、どけ邪魔だ」

と男の子に怒られる。

「都会者（とかいもん）は全く役に立たねぇ。どいた、どいた」

と叱られる。もう私は涙でいっぱいになっている。

戦争中はもっとひどかった。「行軍」という時間で兵隊さんと同じように山を歩く。途中に小川があって、皆はピョンピョンと上手に渡ってしまう。

私はツルツルした岩が怖くてふるえている。

「そんな意気地のない事で戦争に勝てますか？　日本は命がけで戦っているんですよ」

と先生まで哀れな私を叱った。

東京にいて、たくさんの女中さんに何でもしてもらえた私はひよわな子に育っていた。まるでウサギかサルのように身軽に野山を駆けまわる田舎の子とは勝負にならなかった。

しょげていると、目の前でピョンと飛ぶ虫がいた。

「いなごだ。いなごだ」

それをとって自分の袋に入れた。私の袋もパンパンになった。

「何だ。私にも出来るじゃない」

と少し私は得意だった。

「いなご捕り終了」の声がかかり、皆学校にもどった。私は得意だった。自分の袋からいなごを出して、カゴに入れた。誇らしかった。

「私だって出来たじゃない」

胸をはって袋の中のいなごをカゴに入れた。

すると、その時、

「お前、これはバッタだぞ。バッタなんて捕ってどうするんだ」

「バッタは食えねぇの！」

「バッタといなごの違いも分かんねぇのか」

皆が一精に笑った。

その日から私は皆から「バッタ」と呼ばれるようになった。いなごとバッタをまちがえるなんて、彼等には信じられないらしかった。

「だから都会者は役立たねぇ」

と私をバカにする子もいた。しかし彼等は授業ではまるで私の敵ではない。いつも負けている。その腹いせもあって、

「バッタ、バッタ」

と呼ばれた。

その後もいなご捕りの授業は何回かあったが、ついに一度もいなごを捕ることは出来なかった。

春になるとフキノトウを集めた。その後はフキも集めた。校庭にフキの山が出来ていた風景を今も覚えている。こんな棒みたいなものがお金になってピアノが買えるなんて信じられなかった。大人になってから母の作る伽羅蕗（きゃらぶき）というものを食べた時、あのフキの山を思い出した。

その都度、業者が来て、現金で支払ってくれたのだそうだ。

さつまいもの植えつけの頃は皆の家から種いもを持って来させて、校庭のすみに植えつけた。

私も祖父に頼んで種いもをもらって来た。やっと一人前だ。秋にはみごとなさつまいもが出来た。家によって種がちがうので色んなさつまいもが出来た。

女の子達は校庭のすみで出来たばかりのさつまいもをふかした。

皆でそれを食べた。

「これは誰んちのいもだ？」

などと言い合った。先生は、

「S君んちのは特別うまい」

と感心する。

さつまいもも売りに出したが売れない。田舎ではどこの家でも軒下でも作れるのだから売れなかった。

「売れねぇから食っちまおうぜ」

という先生の号礼によって、私達はもう一度、いも煮会をした。米のごはんの代わりにさつまいもなんて、あきあきするほど食べているのに、校庭のすみで育ったさつまいもはおいしくてその味は忘れられない。

しばらくして、新しいピアノが届いた。いなごやフキだけでは足りなくて、応援してくれる金持もいたのだろう。

それでも自分達の力で買ったピアノだと思っていた。

ちょうど私達がピアノを手に入れた頃のことだ。大きなニュースが日本中を喜ばせていた。昭和二十四年、湯川秀樹という学者がノーベル物理学賞を取ったというのだ。

そのニュースが流れた日、担任のT先生は感激して、目にいっぱい涙をためて、こう言った。

「戦争に負けて日本は、世界の人からバカな戦争をしたバカな国と言われて来たが、湯川博士は世界一の賞をとった。今日の新聞を見たか。先生はうれしくて涙が出たぞ」

「君たちも大きな望みを持って生きて行け。男は湯川博士のようになれ、女は奥さんの湯川スミさんのようになれ。スミさんは受賞式でみごとな日本舞踊を舞ったという。女の子はスミさんのように踊りでもよい。ピアノでもよい。得意なものを身につけろ」

と言った。

その同じ日、私達の学校にピアノが来たのだった。私達はその日からピアニストになるつもりでピアノにかじりついた。

でも、誰も湯川秀樹にも湯川スミにもなれなかった。

まわり地蔵

江戸時代から続くと言う、前川村に伝わる古いならわしがある。まわり地蔵というのだ。

お地蔵様をおさめた箱にヒモがついていて、背中合せに背負う。お地蔵さんは隣から隣へ、回覧板のように渡っていく。箱には小さな引き出しがついていて、そこにお賽銭(さいせん)を入れて供養する。

何日預ってもかまわないし、生活に困る家ではお賽銭を拝借する事もあった。

その昔、旅の僧が背負っていたものだそうだ。大木さんという家まで来て、僧は病いに倒れ亡くなってしまった。

大木さんは寺に事情を話し、僧の葬いをしたそうだ。僧の残したお地蔵さんは村をまわり始めた。

子どもの頃、まわり地蔵が来ている時はうれしかった。お地蔵様に守られているのでよい事が続くと皆信じていた。

特に子どもはお地蔵さんと仲がよい。東京から来た私も、来てすぐにまわり地蔵とめぐり会った。

「これは何？」

と聞く私に、父は大木さんちで死んだ僧の話をしてくれた。

ところであの大火の時、お地蔵さんはどこにいたのだろうか。

中宿という部落に蔵を持つ家があった。たまたまその家で祀られていたお地蔵さんをとっさの判断で、蔵に投げ込んだのだそうだ。

すると不思議なことに蔵には火が入らず、お地蔵様も無事だった。焼け残った蔵はポツンと一戸だけ残されていて、人々はお地蔵さんの霊験(れいげん)に感心するのだった。周囲をまっ黒にしたまま十年も二十年も蔵は残されていた。

お地蔵さんはまた、皆の家をまわり始めた。火事から蔵を守ったお手柄でお地蔵さん信仰はいよいよ深まった。特に戦後の生きにくい時代、お地蔵さんに救われる家は多かった。

どうしてもやって行けなくなって、海に飛びこもうとしていた女の人がいた。その人の子が夜中に目が覚めた。母が鏡台の前で髪をといていた。

「夜なのに、母ちゃんどこへ行くの?」

と子どもが言うと、母は、

「いいとこ」

と言って笑った。

まわって来たお地蔵さんがこの家に祀られていた。

「お地蔵さん、私が死んでもこの子を守ってネ」

と話しかけた。

その時、子どもは飛び起きた。

「いいとこなんて行っちゃいや。おかんかんもきれいにしちゃいや」

と叫んだ。

「お地蔵さんにたのんでもダメ」

大きな声だった。

隣の人が心配して見に来た。

「お地蔵さんのいる家に悪いことなんて、おこらねぇ」

と帰って行った。

「それで私は死にそこないました」

とその母は言った。海に飛びこもうとしていたのだ。それから戦死した夫の位牌(いはい)を胸に、母は戦後の荒波の世を生きて行った。

皆が頑張ったので、お地蔵さんの財産もたまる一方だそうだ。里帰りした私は母からそんな話を聞いた。

「いっぱいお金がたまったら、皆でハワイに行こうって話してるのよ」

と母は言う。

「じゃあ、お地蔵さんもハワイに連れてって上げなくちゃあ」

と私が言えば、

「お地蔵さん、びっくりするでしょうよ。何しろ江戸時代の生れなんだから」

と母は笑う。

今日も平和な風が吹いていて、あの村ではお地蔵さんをまわしているのだろうか。

遺産

友三郎ちゃんはいつも汚いネコを抱いて家の前にすわっていた。洋服はいつもボロボロだったし、お風呂にも入らないのだろうか、体中汚れていた。

私と同じ年だけど、学校にも来ない。一日中、そこに座っていた。友三郎ちゃんの家は間口も広く、前庭もたっぷりあった。以前は漁師のお父さんがお金をかせいで裕福であったそうだ。

そのお父さんが海で亡くなってから、火事に会って家は焼け落ち、バラックの家が建っていた。

私の家が友三郎ちゃんの家に近かったため、友三郎係にさせられた。先生は私に何とかして、友三郎ちゃんを学校に連れて来るように言った。

先生が何回も来たが、駄目だった。

弱虫の私にそんな事出来る訳ない。

「先生が学校に来てって言ってるよ」

と言うのが精一杯だった。彼は私の言葉に「シーシー」と言って手を振った。

先生に命じられたから、何とか彼を学校に連れて行こうとするのだが、座ったままシーシーと言っている。

家の中からお母さんが出て来て、

「この子を放っておいておくれ」

「この子はバカなんだから学校になんて行ったって、何にもならないんだよ」

「先生にもそう言っとくれ。放っておいてくれってネ」

仕方なく、私は一人で学校に向かう。

うつむいている友三郎ちゃんに、

「学校楽しいよ」

と一言、言った。

今日も失敗だった。私には無理な仕事だと思いながら学校に向かった。私が行ってしまうと、友三郎ちゃんはネコの子を抱きなおして、仕合せそうに日だまりの中に座る。

その少年の家が夜になると大変な騒ぎとなるのだそうだ。

「殺すぞ、殺してやる、バカヤロー」

と家族の者が暴れまわりどなり合うのだと言う。包丁を持ち出して本当に殺しそうな騒ぎなのだそうだ。

私が寝てしまった後の事らしい。近所の小母さんたちは、

「ゆうべもすごかったねぇ。ほんとに殺すのかと思ったよ」

と話している。

戦争直後の何の楽しみもない時だった。この家のケンカは適当な見物（みもの）だったらしい。

友三郎ちゃんの兄さんや姉さん達が互いの不満をぶつけ合うのだろう。

「昨日もすごかったネェ。よくあれで人が死なないもんだネ」

一家は没落して行く哀しみのはけ口として争ってたのだろうか。友三郎ちゃんのお姉さんは落ちぶれて、体を売るような仕事をしているのだと言う近所の人もあった。

私の母だけは、この家のお母さんがいつも髪をきちんとまとめているのを見て、

「大丈夫。この家はきっと立ち直る」

と言っていた。

私の友三郎ちゃん係も少しも進歩しないまま時は流れた。六年生

の卒業写真を撮る日になった。皆、精一杯、おしゃれをして、段に並んだ。その時、先生は急に友三郎ちゃんのことを思い出した。

私に呼んで来いと言う。

「写真に写れば卒業した事になるから、今日だけ来い」

と言え、と私に言う。

私は走って走って、彼の家まで行った。いつものように彼は仕合せそうに家の前でネコを抱いていた。

私は一生懸命、彼を説得した。

「ねぇ、写真に入れば、卒業した事になるんだって。皆待ってるよ」

「そのままでいいから行こう」

「全員が写らないとダメなんだって。お願い！」

いくら言ってもダメだった。

仕方なく、私は一人で学校にもどった。もう写真も終っちゃったかと思いながらもどると、写真屋さんもみんなも段の上でそのまま待っていてくれた。

精一杯、努力しても駄目だったという事で彼なしの卒業写真が出来た。

卒業と同時に、私の友三郎係も終了した。

中学生になった時のことだ。男の子達に囲まれて、いじめられてる私を見つけて、友三郎ちゃんが助けてくれた事があった。

と言っても弱腰の友三郎ちゃん、逆にボコボコなぐられて、何の役にも立たなかった。

それでも意外な助っ人の登場に気が抜けたのか、ひとり、ふたりといなくなった。

「ありがと」

と私が言うと、ニッと笑って去って行った。私に笑ってくれたのはその時だけだった。

そんな日から長い年月が過ぎた。

私はすでに結婚して村をはなれていた。

久しぶりに里帰りした私は、友三郎ちゃんの家が立派に新築されているのを見た。

「どうしたの？」

とたづねる私に、母は意外な話をしてくれた。

友三郎ちゃんはスピードを上げて走って来た車にはねられて、即死したのだそうだ。

加害者（かがいしゃ）側はスピード違反などを認め、保険から高額な慰謝料を払ったのだそうだ。

一家は喜んでそのお金で新築をしたのだと言う。

「友三郎ぐらい親孝行はいない。大変な遺産だ」

と大喜びだと言う。

「ほかのどの子よりも役立った」

と人に言って歩いたそうだ。

「バカな友三郎ちゃん。そんな親孝行しないでよかったのに」

私は、命がけで家族に遺産を残して死んで行った可哀想な少年のことを思って、涙をこぼした。

白々と国道が光っている。

あの日だまりでネコを抱いていた少年の澄んだ瞳のことを思った。

どろぼう家族

東京から来たばかりの頃、私には一緒に遊ぶ友達がなかった。

「外で遊んでいらっしゃい」

と母は言うが、どうしてよいか分からない。とにかく家の前に立ってボンヤリしていた。

そこへやって来たのが町子ちゃんだった。

「遊んであげようか」

と町子ちゃんは言う。

町子ちゃんは私の返事も待たずにさっさと歩いて行く。私はあわてて、ついて行った。草のはえている空地に来た。

「食べるとおいしい草があるんだよ」

と言って、その子はひょいと花を摘んで自分の口に入れた。

「甘くておいしいよ」

と笑う。私もあわてて、町子ちゃんのと同じ花を取って食べて見た。

「にがい！」

口がまがりそうににがかった。

「ワーイ、ひっかかった。ひっかかった。甘いのはこっちだよ」

と笑ってる。

私はこの時までウソをつくという事を知らなかった。町子ちゃんによって、ウソという事を教えられた。

それに町子ちゃんはどろぼうだった。私の持ってる物をはしから欲しがり、うまい事を言って巻き上げた。

私はウサギのえり巻きを持っていた。お祭りの時、そのえり巻きをして町子ちゃんと遊びに行った。舞台で面白い事をやっていた。その時、すうっと風が吹いて首玉が急に寒くなった。それでも舞台が面白かったのに見とれていた。

「遅くなるから帰ろう」

と町子ちゃんが言った。歩き出して気がついた。えり巻きがないのだ。

「えり巻きがない」

と騒ぐ私に、

「大丈夫、見つけてあげる」

と一緒にさがしてくれた。ない。

「お母さんに叱られる」

と私がベソをかいたら、町子ちゃんは家まで送って来てくれて、母に事情を話した。

「人がいっぱいいたの。恵美ちゃんは夢中になって舞台を見てたの」

と町子ちゃんは説明した。

「あちこちさがしたけどなかったんです」

と言って帰って行った。

数日後、町子ちゃんがウサギのえり巻きをして歩いていた。それでもまだ私は町子ちゃんが盗んだとは思わなかった。

学校に行き始めると同級生が、

「あいつの家はみんなどろぼうだぞ。気をつけろ」

と言った。でも私は信じなかった。

「町子ちゃん、いい人よ」

と言った。

その後も私は色んな物を盗まれた。

ある朝、学校に行く前に立ちよる文房具屋に行った。その日、先生に渡すお金と別に、買い物のお金を持っていた。町子ちゃんと一緒だった。

学校に上る坂の下に文房具屋はあった。小さなおばあさんがやっていて、坂下屋とよんでいた。学校に着くと先生に渡すお金がない。先生はクラス全員の荷物調べまでしてくれたが、出て来ない。その朝、私が誰とどうやって学校に来たかとたずねた。

私が町子ちゃんと来て、坂下屋さんに寄った話をした。すでに町子ちゃんの犯罪は有名だったらしく、

「それで分かりました。皆を疑ってごめんなさい」

先生は一部始終を母に話し、町子ちゃんとつきあう事が禁止された。町子ちゃんを少しも疑ってなかった私はなぜ禁止されるのか分からなかった。

母は家の外に干しておいた傘や衣類がひんぱんに盗まれるので、町子ちゃんの一家を疑うようになった。

町子ちゃんのお父さんもお母さんも兄姉も皆どろぼうなのだそう

していた。

だ。家族の誰ひとり、仕事についていないのに、家族は悠々と暮ら

東京から来たばかりの私など、ちょうどよいカモだったのだろう。
言葉巧みに私をだます事なんて容易(たやす)い事だったのだろう。
町子ちゃんは、先生に注意されても叱られても平気だった。また
別のカモを見つけるのだろう。

そんなどろぼう一家も火事で焼け出されたのは変わりない。しば
らく防空壕で暮らしていたらしいが、どこかに落ちつき先を見つけ
たのか、ある日リヤカーに家財道具をのせて村を出て行ったそうだ。
その日、たまたま外にいた母は一家の引っ越しを見ていたのだ。
「驚くじゃありませんか。リヤカーの一番上にはうちのフトンが
のってるの。あの日の火事場泥棒はあそこの家だったのよ」
荷物番をまかせられていて、役目を果たせなかった不名誉な私の
汚名はだいぶぬぐわれた。

町子ちゃん一家は、うちのフトンを持ってどこに行ったのだろうか。長い生涯でも、まだ町子ちゃんには一度も会っていない。

どこでどんな暮らしをして、どんな年よりになっただろうか。

小指の帰還(きかん)

田中一男先生は、小学校の先生を長いこととしておられた。村で知らない人はない先生だ。

ある時、先生は戦争で中国にいた時の話をしてくれた。

戦死した兵隊は最初のうちはきちんと茶毘(だび)に付され、お骨は本国に送られ、ていねいな葬儀をしてもらえた。

しかし戦争がはげしくなると遺体は野に置き去りにされるのだった。

ある時、田中先生の上官はよい事を思いついた。戦死者の遺体から小指を切り取る事だった。

「死体から右手の小指を切りとれ。それと首からぶら下げている軍人証明書を結びつけよ」

と部下に命じた。ブリキの証明書には兵隊の名と住所が書いてある。

田中先生はいくつもいくつも小指に証明票を結びつけた。それを風呂敷に包んで、首に背負った。

次の戦場に着く頃、首の後でカサコソと音がする。何かと思って、開けて見ると小指の肉にたくさんのウジ虫が湧いていたのだそうだ。

田中先生の荷物は増えるばかりだった。おまけに「小指を切り落せ」と命じた上官まで、とうとう小指になってしまった。

戦争が終った時、三十本の小指が田中先生に残されていた。

日本に帰ってからは一軒、一軒、その小指を届ける事で時を費やしたそうだ。石コロの入った空の骨壺しかもらっていない家族は、小指の帰還を喜んでくれた。

全部の小指を届ける事は大変だった。

「私の戦争は小指を届け終えた時にやっと終った」

と田中先生は言った。

最後に、上官の家をたずねた時、この小指を切り落とす知恵は上官のものだったと話したそうだ。

「まあまあ、それで自分も小指になっちゃったのね」

と奥さんは寂しく笑った。

先生は私達に言った。

「そして、今も首の後でゴソゴソ動くものがある。骨達はどんなに家に帰りたかった事か」

首の後で、「早く連れて帰れ」

と言っていたのだ。

田中先生は、

「自分の生命が最後まで戦場に生き残ったのは、小指達が守ってくれたのではないかと思う」

と言った。

田中先生のおかげで小指達は各々のふるさとに帰って行った。

梅の花

私はスポーツもせず、花々しい文化活動もせず、平凡な中学生活を送った。春から小田原の女子高校に進んだ。城内高校というのだが、人々は城内、城内と言っていた。

校名を聞かれて「城内」と答えると、

「そうかい。そりゃあよい」

と近所の小父さんは言う。

「そりゃあ立派だ」

伝統があって、校風が上品なのだと近所の人は言う。確かに嫁の売れ口もよいらしかった。入って見ると、まず校歌に驚いた。

「城の石垣苔むして」というところはまだよい。「監(かた)き操は梅の花」には驚いた。貞操観念の教えである。

戦後になって、女性達も変わった。靴下と一緒に強くなったと言われている。そんな時代に「〝操を守れ〟なんて、明治じゃないのに」とためいきをついた。

でも調べて見ると、この学校は明治四十年に出来たのだが、それに至る道のりは大変なものだったらしい。町内の財界人の奥さん達が「小田原に女学校を」という運動をし、建議書(けんぎしょ)を小田原町長に提出したそうだ。そしてやっと創立する。

その時、八咫烏(やたからす)と梅の校章が出来たという。

私の頃は八咫烏はいなくて、梅だけになっていた。いずれにしても、女学校は大変な苦労の末に生れたものだった。

「女よ、かしこくなれ。そして梅の花になれ」

それは女性の歩むべき道なのだ。華やかでパッと咲いてパッと散る桜ではなく、地味だがしぶとく咲いて賢く生きる。そして梅干しになって、その実は役に立つ。女は梅であるべきだと校歌は伝えている。

その昔、北条早雲は小田原の住人達に、

「一家に一本、梅の木を植えよ」

と命じたと言われる。梅干しは人々を飢えから救ってくれるのだと伝えられる。

インドネシアの小さな村に行った時、

「玄関にコーヒーの木を一本植えろ」

と時の為政者が言ったという話を聞いた。

良妻賢母を女の理想とした時、目指すは梅の花だった。貞操観念が大切にされた時、梅はぴったりの象徴であったのだ。

戦争中、良妻賢母は特に珍重された。兵隊さんを生んでくれる賢いお母さん。それが女の生き方だとされ、梅はいよいよ持ち上げられたのだった。

でも本当に賢いお母さんは間違った戦争に「間違ってる」と言えるお母さんだったのではないか。

男の言う事を素直に受け入れる柔軟な女性、ずい分ご都合よいじゃない。

昭和二十八年、私が城内高校に入学した頃、小田原城のお堀には貸しボートが浮んでいた。

市役所が運営していて、女の人の声で、

「〇番ボートお時間でございます」

とマイクで呼んでいる。

入学してすぐに仲よくなったミヨちゃんという友達は、

「今の声、わたしの姉さんなの。働いて私を高校にやってくれるの」

と言う。

私もすぐにミヨちゃんのお姉さんの声を覚て、その声は、

「ミヨちゃん　がんばれ！」

という風に聞こえた。お堀の上に梅の花ビラがひらひらと散っていた。

ミヨちゃんのようにお姉さんの応援で学校に来る子もいたが、恵まれた名家のお嬢様は、高校の卒業式の翌日にお嫁に行くような人もいた。

やっと高校に入れてもらったミヨちゃんも、荷車いっぱいの花嫁道具で嫁いで行くお嬢様もいた。どちらも梅の花を歌った同じ高校の仲間だった。

かつては家風とか校風とか言う風があった。

そして、それが非常に大切にされた。つつましく、上品な女の子は小田原では「城内？」と言われた。校風が顔に出ていたのだろう。

ある時、東京から武者小路実篤先生が講演に見えた事があった。

白樺（しらかば）派が大好きだった私はうれしかった。

「本物の武者小路？」

とお顔を見るまで信じられなかった。

そんな大先生を迎えたのに、会合は小さなものだった。図書室の一角に先生は招かれ、お若い頃のご自身の話をして下さった。田舎の女子高の生徒を相手に、大して熱も入らないのだろう。ボソボソと短い講演だった。終って、担当の先生が、

「何か質問があったら、先生に聞きましょう」

と言った。

梅の花達は上品でこういう時、質問などしない。私は手を上げた。講演会に行くと、必ず私は質問をする。質問をすると講師は質問者の顔を見てくれる。それが目的だった。質問の内容は下（くだ）らない事だった。

「どうしたら作家になれるでしょうか」

と私は言った。先生は私を見て、

「たくさん、本を読みなさい」

と一言、言われた。

先生にしたら、田舎の冴えない女の子がバカな質問をしてると思われたに違いない。こちらは天にも昇るほどうれしかった。私の顔を見て下さった。ありがたくて、拝みたいほどだった。

終ると先生はサッサと帰って行かれた。赤い学び橋を和服の先生が渡って行かれた。

その日もミヨちゃんのお姉さんは、

「何番ボート、お時間でございます」

と叫んでいた。

「妹よ、しっかり勉強せよ」

と言っているのだ。

ミヨちゃんは、

「姉さんにすまない」

と言う。そして、懸命に勉強した。ダメな私は作家にもなれず、梅の花にもなれず、フラフラと生きている。『艱難汝を玉にす』と言う言葉が浮かんで来た。

あの日、歌った梅の花、つつましく上品にひっそりと生きる梅の花を貞操観念とは別にして好きになっている。

小田原の女性は皆梅干しが漬けられる。

「梅干しを漬けられない女は小田原の女じゃない」

と言うそうだ。台湾出身のKさんは、

「台湾ではにくまんが作れないと嫁に行けない」

と言われたそうだ。

作家にもなれず認められる女にもなれず、梅干しも作れず私はただあの梅の花の香りばかりを懐かしんでいる。

能「北條」

それは秋の始まり、月のきれいな夜だった。

母のたったひとつの趣味である能の珍しい催しがあるから来ないかとさそわれた。

私は能なんてよく分からないし、興味もなかったが、母はその夜の催しは小田原城落城がテーマで、天下をとった豊臣秀吉が能作者の大村由己に作らせたものだと言った。

能作者の大村由己がどれほどの人か知らなかったが、北條がどう描かれるのか興味があった。

小田原城の前にしつらえた座席に私は座っていた。小田原市主催の薪能（たきぎのう）の夜だった。

パチパチとかがり火が燃えている。小田原城は光を受けて、静かに浮び上っていた。

まず古典芸能研究家・山岡知博先生の説明があった。

「日本全土を自分の手に入れ、太閤殿下となった秀吉の晩年の趣味の一つに能があった。自身の生涯の手柄を能にして後世に残そうと考えたのか」と話された。

「吉野詣」「明智討」「柴田」「高野詣」など十番を作らせたのだそうだ。

「北條」はその一つであると言う。

現在でも成功した人々が「私の履歴書」などに成功談を残そうとするようなものか。

秀吉にとって、小田原落城はいくら自慢しても自慢し切れない武勲（ぶくん）であった。

もう一つ北條氏政への鎮魂（ちんこん）の思いもあったにちがいない。城を包囲され、もはやこれまでと観念した氏政（五十三歳）は自らの生命と引替えに小田原城内全員の助命を願って果てた。秀吉は敵ながら、あっぱれの最期と考え、氏政の霊を慰めて置きたかったのだろう。

「北條」の復曲は五年前から計画され、観世元昭先生の手で、謡の節づけがされたのだと言う。

こうして「北條」は始った。旅の僧がまず現われ、相模国小田原で北條氏政の霊に出会う。

氏政は自らの果てた様子を語りながら、なぜかやたらと中納言秀次の武勇をほめちぎる。

秀吉が養子秀次を重く用いていた頃に書かれた作品だった。

「なんだ、結局豊臣家へのヨイショじゃないの」

と私はしらける。

しかし御用作家は行間に自身の思いを残している。

「袖の白露こぼれそふ、一叢薄(すすき)ほのぼのと月落ちかかる山の端(は)に、秋風吹きて虫の音の誘(さそ)うは萩の上葉かな」

とこの世の無常を記し、精一杯、権力者への抵抗を示している。

パチパチと燃える火の向こうで、氏政の霊は自らを亡ぼした者の手で作られた作品によって浮び上り、私達に語りかけている。

北條一族を亡ぼしたその相手をほめたたえるという理不尽の中で、霊は自らの無念さを私達に語りかけている。

原作者の思惑もそれを書かせた絶対者の計算も、全てをけとばして氏政の霊は、私達の胸に直接とびこんで来てしまった。

それはそこが小田原城という土地のせいかも知れないし、復曲を強くのぞんだ小田原の人々の思いの故かも知れない。この時、私も小田原人であった。

小田原人からして見れば、何も敵の大将を出すことはなかろうと考える人もあったろう。

しかし、舞台の上の御簾(みす)の中には、この世の富と力の全てを手に入れた男、豊臣秀吉が秘されていて、後段で姿を現した。

観世元昭先生はこの秀吉を登場させるか否かで最後まで悩まれたそうだ。やっと登場にふみ切られたのには、どんな思いがあったのだろうか。

秀吉存命中、文禄三年(一五九四)大阪城本丸で「北條」は初上演されたが、秀吉は非常に満足したということだ。

「太閤記」巻十六に「さすが物なれたる上手なるによって、出来侍らざりし」と、この日の上演をほめちぎっている。

能「本條」は全般を禅味が包み、禅くさい言葉が溢れている。当時の流行であったためか、それとも秀吉がたどりついた人生観であったのか、あるいは作者のひそかな思いであったのか、何とも言えない無聊(ぶりょう)さが伝わってくる。それがこの作品の魅力でもあった。

天下人となった秀吉もどこかにむなしさを感じていたのではないだろうか。

結局、仏の目から見れば、亡んだ者も亡ぼした者も大して変りはないと言う事だろうか。

秀吉の辞世の和歌、「露と落ち露と消えにし我が身かな　なにわの事は夢のまた夢」は、天下人も一人の人間として、男として、生きることの寂しさを思ったのだろうか。

しかし、能「北條」の作者はあくまで、天下人・秀吉の権力の大きさをほめたたえることを忘れていない。

「関東八州随之　陸奥まで御動座にて蝦夷が千嶋に至るまで　心のままに治め置き」と書く。

こうして能は終る。かがり火は絶えることなく、パチパチと燃え続けていた。

私の後にすわっていたおばあさんが、

「氏政公がその辺に来ていたみたいだネー」

と大きな声で言った。

「ホント、ホント確かに来ていた」

皆がうなずく。

北條五代を愛してやまない小田原人の血が騒いだ初秋の一夜であった。

腹いっぱい食うために

あの日、軍隊から帰った父は、一夜だけ寺の借り部屋に寝て翌朝、とび出して行った。焼け跡の銀座で小さな雑誌を作り始めたのだ。焼け残った小さな家を借りて出発した、雑誌作りであった。その時父は壁に大きな字で書いたそうだ。

――腹いっぱい食うために腹いっぱい働こう――。

皆、腹ペコだった。戦争が終った時、日本国中が食糧難だった。配給だけではとても食べて行けないので、リュックを背負って田舎に買い出しに行った。

苦労して、やっと米などを手に入れて帰る時、取り締まりに会って皆取り上げられてしまう。食糧管理法という法律があって、国民は自由に食料品を売り買い出来なかったのだ。

「配給品だけで生きよ」というのだ。

昭和二十二年、山口良忠という判事が、この食糧管理法を悪法だと言いつつ、自らは闇米を拒否して餓死したニュースが日本中をかけめぐった。

多くの国民は、生真面目な判事の死を悼み、山口判事が死を賭して人々の思いを抗議してくれた事に感謝の思いを捧げるのであった。

そんな深刻な食糧難の中で生まれた雑誌は危ういものであった。紙がない。書き手はいても書いてくれない。ないない尽しの雑誌作りであった。特に当時の作家は原稿料を米とか薪など、お金より物を要求したそうだ。

生まれたばかりで名もない父の会社の仕事など、誰もやってくれない。第一、ツテもなく困っていた。そんな時、父は湘南電車の中で嶺田弘を見た。調べて見ると嶺田画伯は国府津の松涛園（しょうとうえん）という貸別荘の点在（てんざい）する園の一軒に住まっている事が分かった。

きっかけをどのように作ったのか分からないが、突然、父は私に嶺田さんの家に行くよう言いつけた。

「行ってどうするの？」

と聞くと、

「いいんだよ。行って絵本なんか見せてもらいなさい」

と言う。

訳が分からなかったが自転車をこいで、家で出来た野菜などを持って松涛園に行った。海辺の別荘地は、戦争中は東京のお金持ちの疎開先となり、彼等は戦後もそのまま住みついていた。

嶺田さんちはすぐ分かった。廊下に山のような絵本や雑誌が積ま

れていた。やさしい奥さんが、

「お好きなだけお読みなさい。でも持って帰ってはダメ」

と言われる。

私はうれしくて端から読んだ。それは嶺田先生の作品掲載誌だった。嶺田先生はさし絵家として、日本一と言われる方だった。

本の好きな私は夢中になって読んだ。そしてふと見るとその廊下にはオルガンが置いてあった。

「弾いてもいいわよ」

と言われて、ピアノを習っていたので、プーカプーカ鳴らした。

「あら、バイエルね」

と奥さんはおっしゃる。

隣の部屋で日本一のさしえ画家がお仕事をしておられるのに、下手なバイエルなど鳴らして申し訳ない事にやっと気づいて帰って来た。

「また、いらっしゃい」

と言われて、また行った。父は私の話を聞いて、

「子どもが一番いいんだよ」

と言う。何がいいのか分からなかったが、間もなく、嶺田先生のさし絵が『平凡』を飾るようになった。

その頃から、『平凡』は部数を伸ばし、社員の皆も腹いっぱい食えるようになっていた。後から考えると私の嶺田係も役立っていたようだ。父は徹底的に娯楽を目標とした。

働き者の末吉はその頃、不満の日を送っていたのだ。時代は流れ、馬力引きの時代は終ったのだ。要領のいい仲間はさっさと車に乗りかえて新しい時代を生きている。

しかし、馬が好きな末吉は時代に乗り遅れた。国道はGHQの力で早くも舗装され、ジープが走りまわっている。

「面白くねぇ」とすねたが廃業するしかなかった。

わずかに嫁を相手に農作業を続ける事だけが末吉の楽しみだった。落花生が土の中に育つ事も知らなかった母は、大騒ぎをして喜んだ。その落花生を土からぬいて、国道の端にむしろを敷いて干す。乾燥させるのだ。すると通りかかった旅の人が、

「分けてもらえないか」

と言う。値段が分からなかったが、適当に母が言うと、大喜びで買って行ってくれた。

「安すぎたのかしら」

と母は末吉に済まなそうに言うと、

「なあに、これだけ売れりゃ大したものだ」

と末吉はご機嫌だった。

「うちの嫁はてぇしたもんだ」

と喜んだ。

戦後の日々を父は雑誌に、母は農作業にと、懸命に生きていた、

しばらくして嶺田夫妻が家に来た。東京に引き上げるのだそうだ。

「お嬢さんが来てくれた時は本当に楽しかった。うちの先生も楽しかったって」

と奥さんは言われた。

私は『平凡』出版の立派な社員だった。

父は雑誌のページを使って、嶺田先生に映画のシーンを描いてもらう。映画のストーリーもそこに書く。

まだ貧しくて、映画館にも行けない読者は『平凡』で映画を見たような気分になるのだった。

貧しい村では皆で一冊の『平凡』を買う。それを回覧板のようにまわして読むのだそうだ。

そんな話を聞くと父は喜んだ。少しでもよい。人は楽しまねばならない。

「働くばかりの一生なんて、つまんねえゾ」

と言った。

私が六年生になった時、末吉は死んだ。

「しばしも休まず槌打つ鍛冶屋」の歌そのままに働く事を信仰のようにありがたがって生きた。ポクポクと馬力を引いて、得意そうに歩いていたおじいさんの姿は一枚の絵のように私の心に残された。

かたくなに意地をはって生きていたおばあさんも死んだ。

新しい時代が来ていた。皆、腹いっぱい食える時代になった。時代の波に乗って父の『平凡』は百万部を突破した。名もない出版社の名もない社長がなしとげた快挙であった。

そんなある日だった。念願の墓地を買った日だった。可哀想な恵梨ちゃんの土も移された。それは母の悲願であった。

この世の喜びも哀しみも知らないまま消えて行った妹のことを私は思った。

その日、墓地から帰る道すがらであった。父が突然、

「仕合せって何だろう」

と言った。その頃私は何の授業だったか、〝幸福とは満足である〟と言う言葉を習ったところだったので父に言った。

「仕合せは満足よ」

と私が言うと父は、

「なるほど満足か」

と言って笑った。

「子どももたまに、よい事を言う」

とまた笑った。

「満足しなければ切りがない」

子どもに向かって、大まじめで質問をする父が私はおかしかった。

墓地からの帰り、足元に海が輝やいていた。それから、父は暇さえあれば墓地に行った。そして長いこと座っている。

「おれはグチャグチャした所が嫌いなんだ。ここはさらっとしている。ここに入るんだ」

と何回も言った。

この村から出て行って、思い切り働いて自分の夢を完成させて、父はこのお気に入りの墓地に帰って行った。

あわただしい一生を駆け抜けて、目標の腹いっぱい食える社会を作った。五年生の娘に「仕合せって何だろう」と聞く人だった。

七十二歳で死去した後、父がぶら下げていたカバンの中に食べかけのおまんじゅうが入っていた。

胃ガンだった。好きなおまんじゅうも食べ切れないほど胃が弱っていたのだ。

「腹いっぱい食える時代が来たのに、なんという事だろう」

「お父さんの通信簿　マル」

と私はつぶやく。

小さな村の物語　―あとがきにかえて―

海と山にはさまれた小さな村であった。その上、細長い村のまん中を鉄道と国道が串ざしになっている。

五歳の時、私はこの村に来た。そして色々なものと色々な人を見た。

戦争が終って小さな村にも、悲喜こもごもの物語が生れた。ここで生きて行くと決めた時、私と小さな村とのつきあいが始まった。「人生の通信簿」――ふり返って見れば一生の果てにそれぞれの通信簿が残されている。

愛してやまないふるさとはたくさんの物語を私にくれた。それは放っておけば指の間から、落ちて消えて行くものだろう。

その一つひとつを拾い上げて見た。

そして思う。人間てステキだなと。
生きているのってステキだなと。

新井恵美子

新井恵美子（あらい えみこ）
昭和14年、平凡出版（現マガジンハウス）創立者、岩掘喜之助の長女として東京に生まれ、疎開先の小田原で育つ。学習院大学文学部を結婚のため中退。日本ペンクラブ会員。日本文芸家協会会員。平成8年「モンテンルパの夜明け」で潮賞ノンフィクション部門賞受賞。著書に「岡倉天心物語」（神奈川新聞社）、「女たちの歌」（光文社）、「少年達の満州」（論創社）、「美空ひばり ふたたび」「七十歳からの挑戦 電力の鬼松永安左エ門」「八重の生涯」「パラオの恋 芸者久松の玉砕」「官兵衛の夢」「死刑囚の命を救った歌」「『暮しの手帖』花森安治と『平凡』岩掘喜之助」（以上北辰堂出版）、「昭和の銀幕スター100列伝」「私の『曽我物語』」「雲の流れに 古関裕而物語」「戦争を旅する」「夢のまた夢――野崎幻庵と菜穂の物語」（以上展望社）ほか多数。

人生の通信簿

令和6年12月25日発行
著者 / 新井恵美子
発行者 / 唐澤明義
発行 / 株式会社展望社
〒112-0002 東京都文京区小石川3 - 1 - 7エコービル202
TEL:03-3814-1997 FAX:03-3814-3063
http://tembo-books.jp
編集制作 / 今井恒雄
印刷製本 / モリモト印刷株式会社

ISBN 978-4-88546-453-9 定価はカバーに表記